CAITLIN CREWS

L'héritier d'un Sicilien

Traduction française de
FRÉDÉRIQUE LALLEMENT

AZUR

HARLEQUIN

Collection : Azur

Titre original :
WHAT HER SICILIAN HUSBAND DESIRES

HARPERCOLLINS FRANCE
83-85, boulevard Vincent-Auriol, 75646 PARIS CEDEX 13
Service Clients — www.harlequin.fr
ISBN 978-2-2804-9936-1 — ISSN 0993-4448

Composé et édité par HarperCollins France.
Imprimé en janvier 2024 par CPI Black Print (Barcelone)
en utilisant 100% d'électricité renouvelable.
Dépôt légal : février 2024.

FSC www.fsc.org
MIXTE
Papier issu de sources responsables
FSC® C159065

Pour limiter l'empreinte environnementale de ses livres, HarperCollins France s'engage à n'utiliser que du papier fabriqué à partir de bois provenant de forêts gérées durablement et de manière responsable.

1

Un léger sourire se dessina sur les lèvres de Chloe Stapleton tandis que le jet privé approchait de la Sicile dont les montagnes s'élevaient, majestueuses et fières, au milieu de la Méditerranée, leurs pentes plantées de vignes et parsemées de ruines de temples érigés en l'honneur de dieux des temps anciens.

Une journée ensoleillée et un lieu approprié pour un divorce.

Les yeux rivés sur le hublot, elle regarda l'avion descendre vers l'étroite piste d'atterrissage taillée entre les rochers. L'aspect austère du décor lui rappela celui du propriétaire du jet, propriétaire aussi de cette partie de l'île ainsi que d'un empire en constante expansion dans le vaste monde au-delà.

Il n'y avait en effet aucun coin de la planète, aussi isolé soit-il, que le pouvoir et l'influence de la famille Monteleone n'atteignent pas.

Chloe éprouva une légère nostalgie à l'idée de se voir bientôt demander d'abandonner sa place de membre de ce prestigieux clan.

Un membre dont elle n'avait toutefois que le nom.

C'était sa seconde visite seulement dans cette

propriété. La première avait eu lieu cinq ans auparavant alors que, totalement désemparée, elle avait sollicité l'aide de l'homme aussi ténébreux que puissant qui avait été son frère par alliance.

Lao Monteleone, son seul espoir, n'avait pas hésité.

Elle l'avait toujours vu comme un homme au physique séduisant, mais réservé et constamment sur ses gardes – ce qui rendait son impitoyable dureté encore plus évidente. Il faisait ce qu'il voulait, quand et comme il le voulait, c'était de notoriété publique.

Mais il avait toujours fait preuve de gentillesse avec elle, même s'il conservait une distance certaine.

C'était sur cette gentillesse qu'elle avait compté en venant le trouver cinq ans plus tôt, et Lao ne lui avait pas refusé son aide.

Tout en quittant l'avion pour le confort de la limousine qui l'attendait, Chloe reconnut combien la gentillesse de Lao ainsi que la protection qu'il lui avait immédiatement offerte l'avaient fait se sentir en totale sécurité à un moment où elle n'aurait jamais cru pouvoir éprouver ce sentiment à nouveau. De cela, elle lui serait à jamais reconnaissante.

Aux heures les plus noires de son chagrin, quand elle avait perdu son père – la seule personne qui l'ait aimée de manière inconditionnelle et soutenue en tout –, il avait pris en charge ses soucis, la laissant s'occuper seulement d'elle-même.

Une douce amertume l'envahit en réalisant que ce retour signifiait la fin du soutien de Lao. Après, elle devrait trouver son propre havre de sécurité.

Mais cela revenait à entamer une vie d'adulte, force lui était donc de se ressaisir.

Chloe s'efforça de chasser sa mélancolie tandis que la voiture empruntait les routes montagneuses surplombant les villages historiques nichés dans les collines et les vieilles villes siciliennes du bord de mer. Le temps si imprévisible et souvent terne à Londres lui fit apprécier le généreux soleil méditerranéen qui brillait à travers les feuillages sous lesquels ils roulaient.

Même cinq ans auparavant, bien que perdue après le décès de son père, il lui avait été impossible de ne pas remarquer la beauté de cette île sauvage. Elle avait précédemment passé des vacances en différents endroits d'Italie, au sein des collines toscanes, à Venise et sur les plages de la côte amalfitaine, mais n'était jamais venue en Sicile – et n'y était pas revenue depuis. La retrouver semblable à son souvenir accentua sa nostalgie. Une île à la beauté sauvage, indomptée.

Les mêmes qualificatifs auraient pu s'appliquer à Lao…

Il l'avait épousée lors de sa première visite en ces lieux au cours d'une cérémonie réduite à sa plus simple expression, qui avait plus ressemblé à une réunion d'affaires qu'à un mariage. Malgré ce côté impersonnel, elle avait été heureuse car l'engagement de Lao était une preuve de sa gentillesse envers elle. La signature des actes avait eu lieu dans son bureau, installé dans le vieux château qui, une fois rénové, était devenu le siège de ses activités.

Le *castello*, avait-il mentionné en passant, appartenait aux Monteleone depuis des siècles. Ce temps infini imprégné de la puissance et du pouvoir de cette illustre famille avait permis à Chloe de voir leur mariage comme un havre de sécurité. Comme si, désormais, il allait l'englober dans son cocon protecteur.

Ce qui était arrivé.

Dans la mémoire de Chloe, le souvenir de ce jour restait dans un flou baigné de larmes. Seuls étaient nets les yeux au gris acier de Lao posés sur elle, sa stature solide ainsi que sa manière de serrer ses petites mains dans les siennes en prononçant son accord.

« Cette union n'aura de mariage que le nom, bien sûr », avait-il dit sans se départir de son air sévère habituel.

« Naturellement », lui avait-elle répondu, vexée qu'il apporte cette précision. Toutefois, malgré le fait qu'il ait volé à son secours et lui ait donné son patronyme, en plus de son aide, alors que rien ne l'y obligeait, elle fut un peu indignée qu'il jette un regard noir au prêtre qui lui suggérait d'embrasser la mariée à l'issue de la cérémonie – et qu'il s'abstienne de le faire.

Une réaction stupide, elle en était consciente. Lao lui avait offert sa protection, cela seul importait. Ses stupides fantasmes resteraient un secret qu'elle emporterait dans sa tombe.

À ce point des réflexions de Chloe, la voiture franchit la haute grille à ouverture télécommandée de l'entrée. Cet ajout moderne remplaçait le portail d'origine dont les majestueux piliers de marbre étaient restés.

Elle s'enfonça dans la moelleuse banquette tandis que la limousine roulait vers l'homme – « mari » était un mot excessif pour décrire Lao et leur relation – qui l'attendait. De chaque côté de l'allée se trouvait une haie de cyprès, au-delà desquels s'étendaient à perte de vue des champs d'oliviers et autres cultures du domaine Monteleone. Mais ce qui lui fit retenir son souffle dès qu'elle l'aperçut fut le haut château dressé au sommet de la montagne privée de Lao.

L'endroit où il l'avait reçue, apeurée et affligée, où il l'avait épousée, puis rendue à la liberté de mener sa vie comme elle l'entendait.

« Ton père l'aurait souhaité ainsi », lui avait-il dit d'un ton solennel lorsqu'ils s'étaient retrouvés seuls après la rapide cérémonie.

Après cela, Chloe avait passé les années suivantes à s'efforcer de trouver sa place dans ce monde, ainsi que son cher papa l'aurait voulu. Hélas, il n'était plus là pour écouter le récit de ses expériences, lui prodiguer ses conseils et ramener ses soucis à un niveau anecdotique.

Le soutien apporté par son père avait été extraordinaire, et en être subitement privée l'avait laissée vulnérable.

Au cours des dernières années, elle était passée d'un emploi à l'autre, espérant chaque fois voir naître une passion. Son premier poste de chargée des relations publiques pour le compte d'un éditeur londonien ayant pignon sur rue l'avait vite lassée. Au lieu de partager son amour de la lecture – motivation à l'origine de ce choix –, elle avait passé son temps à suivre des campagnes publicitaires, à rédiger des communiqués de presse, des dossiers de présentation, des bulletins d'information et, beaucoup moins agréable, à répondre à des mails agressifs d'auteurs mécontents.

Chloe s'était ensuite lancée dans les œuvres de bienfaisance et autres associations caritatives auxquelles nombre de ses amies participaient. Là encore, elle avait été déçue. Son rôle se limitait à une action superficielle, consistant essentiellement à assister à des dîners et soirées, et offrir un visage souriant aux photographes. Elle avait l'impression de n'aider les gens en rien avec ces mondanités.

« Ces événements participent indirectement à leur bien-être, s'était exclamée Mirabelle, sa meilleure amie, sans comprendre ce sentiment d'inutilité. La presse les couvre, donne de la visibilité aux problèmes. De plus, faire le bien en passant de bons moments entre amis est plus agréable pour nous que de rester assises chaque jour des heures durant devant un bureau. »

C'était certes vrai, mais Chloe avait alors reçu une proposition de Moriah, la gérante d'une galerie de peinture en vogue, et elle avait saisi cette occasion pour changer de direction. Le monde de l'art, le contact avec les artistes et les clients amateurs de créativité lui convinrent beaucoup mieux, sans qu'elle y trouve cependant l'objet de sa recherche initiale : la passion qui guiderait sa vie. Son travail était certes intéressant, mais vendre des toiles modernes à des gens aisés était facile.

Peut-être devait-elle cesser de se soucier autant de sa carrière, avait-elle pensé en recevant la convocation de Lao, trois jours auparavant.

Or, étrangement, en cet instant où la voiture se rapprochait du *castello* Monteleone, elle ne pensait qu'à la passion et se préparait déjà à la rencontre, comme avant chacune de ces convocations dans quelque endroit au monde où tous deux se trouvaient en même temps – il savait en effet toujours où elle était. Le plus mémorable de ces rendez-vous ayant eu lieu au Brésil, sur une plage... Mais mieux valait éviter d'y penser en cet instant !

Lors de ces rencontres, il l'invitait au restaurant, la questionnait sur sa vie et ses projets, adoptant le rôle de père et tuteur bien qu'il fût son mari légitime, puis la quittait. Elle restait alors troublée à l'extrême par le souvenir de sa vibrante virilité.

Les rêves le concernant survenaient toujours à la suite de ces dîners.

Au cours de toutes ces années, c'était cependant la première fois que Lao la convoquait au château. Chloe avait donc immédiatement compris de quoi il s'agissait.

Et qui, elle le savait, devait arriver tôt ou tard.

Lao lui avait offert cinq ans de répit. Le moment était venu pour elle de voler de ses propres ailes.

Mais le savoir ne la rassurait pas.

Comme la voiture s'arrêtait devant la grandiose entrée du château et qu'un valet en livrée lui ouvrait la portière, Chloe se sentit sur le point de défaillir, à l'instar des héroïnes de roman.

Il n'en fut heureusement rien. Tomber en pâmoison aurait été indigne et aurait déprécié l'assistance apportée spontanément par Lao à la jeune fille désespérée et anéantie qui s'était présentée sans invitation à sa porte cinq ans auparavant, ignorant si elle allait survivre à son chagrin et ses peurs existentielles.

Chloe se força à sourire au valet impassible, puis au majordome qui s'inclina avant de la précéder dans le hall du château.

Lors de sa précédente visite, son état ne lui avait pas permis de prêter attention aux lieux. À présent toutefois, elle prit une totale conscience leur splendeur. Disposer de moyens illimités avait certainement aidé à parfaire cette réalisation, mais cela aurait été impossible sans l'œil exercé de Lao pour les détails. Il avait fait de ce château historique un joyau de style intemporel à la grâce incomparable. D'une part, les murs de pierre étaient recouverts de tapisseries anciennes et de tableaux dignes de musées. De l'autre, il y avait des poutres d'acier hardiment modernes et une sensation de clarté et d'espace. Sans parler des fenêtres dont le nombre était certainement supérieur à celui d'origine.

Chloe se souvint avoir lu après sa première visite que Lao avait choisi de restaurer le château alors en ruine de ses ancêtres et d'en faire son palais personnel, plutôt que de vivre dans le manoir familial situé sur la propriété à quelque distance de là.

> *La prouesse architecturale d'un voyage à travers le temps où l'indéniable beauté du classique côtoie avec une grâce audacieuse celle tout aussi éclatante d'un modernisme étudié. Un envoûtant exemple de goût. Le raffinement poussé à la perfection, pour un résultat étourdissant.*

Une description qui, dans son esprit, s'appliquait plus à Lao lui-même qu'au château dont l'ombre imposante pesait sur elle.

Le majordome la fit passer sur un pont entièrement vitré qui, enjambant une crevasse dans la montagne, offrait une vue sur un à-pic vertigineux. Un frisson la parcourut, plus intense à chaque pas. Une fois de l'autre côté, elle en avait encore la chair de poule. Ils empruntèrent alors un couloir aux murs tapissés de miroirs anciens. Chloe en profita pour lisser ses cheveux et sa robe.

Elle s'était habillée pour son mari, même s'il deviendrait sous peu son ex-mari car, quel que soit le terme appliqué à leur relation, il l'avait toujours impressionnée au point de presque lui couper le souffle. Que ce soit dans un de ses impeccables costumes sur mesure sous la fine pluie d'un été londonien, ou sur une plage brésilienne, allongé avec une nonchalance telle qu'elle avait dû détourner les yeux.

Mais, plus peut-être que par sa nonchalance, elle avait été aveuglée par son corps musclé à la riche teinte dorée, et la fine toison brune qui descendait sur son torse en s'amenuisant jusqu'au bas de son abdomen, avant de disparaître sous un boxer de bain ajusté.

Le souvenir de ce rendez-vous au Brésil lui enflamma les joues. Elle avait oublié leur conversation – si conversation il y avait eu – et se souvenait seulement d'être restée frappée de stupeur, le sang en ébullition, incapable de penser à autre chose qu'à son maillot bleu cobalt.

Une vision qui hantait encore sa mémoire.

Chloe sentit un sourire lui effleurer les lèvres. Quelle stupidité !

Perdue dans ses réflexions, elle ne saisit pas les paroles du majordome qui ouvrait une porte. Dans la seconde suivante, invitée par un geste de l'employé stylé, elle franchit le seuil et pénétra dans la pièce dont elle se souvenait si bien.

Elle s'était mariée dans ce bureau surplombant la

falaise. Encore que le terme de bureau ne convenait à cette pièce que parce que s'y trouvaient une table de travail et des étagères au blanc éclatant remplies de livres soigneusement alignés. Comme le reste de cette aile du château, tout ici était moderne et parfaitement pensé, des sols en béton lissé dont l'aspect froid était réchauffé par les couleurs vives de moelleux tapis artisanaux, jusqu'au mobilier et au mur entièrement vitré qui, de l'extérieur, imitait les fenêtres anciennes.

C'était devant ce mur surplombant la falaise qu'ils s'étaient mariés cinq ans auparavant, et que se tenait Lao en cet instant, de dos.

Chloe sentit brusquement ses jambes mollir, mais déjà il se retournait, ses traits illuminés par le soleil brillant au-dessus de lui à travers la vitre.

Cela avait beau se produire chaque fois, elle n'en avait jamais pris l'habitude. Lao lui coupait littéralement le souffle.

On le disait beau, pourtant il ne l'était pas. Il était trop impressionnant pour cela. Son aspect était trop sévère. Pris séparément, ses traits étaient plus marqués que ceux des beautés viriles que les revues admiraient et donc publiaient en couverture. Ses pommettes étaient hautes, son nez si droit qu'il en était presque menaçant, et ses lèvres sensuelles sans cesse serrées en une ligne légèrement désapprobatrice, comme en cet instant.

Il en imposait non seulement par sa stature, un mètre quatre-vingt-cinq de muscles, de larges épaules et un corps digne des statues trônant dans le hall du château, mais aussi par la force qui émanait de lui.

Ce jour-là, bien qu'il n'ait porté ni un de ses costumes sur mesure ni, Dieu merci, un maillot bleu cobalt, Chloe ne pouvait qualifier sa tenue de décontractée – d'ailleurs, même allongé à moitié nu sous le soleil brésilien, son habituelle autorité doublée de solennité transparaissait.

Il portait un pantalon droit et une chemise blanche aux deux premiers boutons ouverts. À la simple vue de ce triangle de peau bronzée, un douloureux besoin la submergea tandis que des milliers de papillons prenaient leur envol dans son ventre. Son sentiment de vulnérabilité s'accentua. Elle se sentit soudain telle une adolescente sur le point de glousser pour dissimuler son trouble et, certaine qu'il avait dû le remarquer, lança d'un ton – presque – désinvolte :

— Salut, Lao.

— Chloe, lâcha-t-il de sa voix grave teintée d'un séduisant accent ensoleillé qui la troubla davantage. As-tu fait bon voyage ?

— Excellent. Je te remercie.

— J'ai demandé qu'on t'apporte un thé.

Sa légère insistance sur le dernier mot ne lui échappa pas. En véritable Italien, Lao ne comprenait pas l'obsession des Anglais pour ce breuvage, encore moins dilué avec du lait, mais lui en offrait toutefois. C'était typique de sa part. Il prenait toujours soin d'elle. Un frisson la parcourut à l'idée d'être la seule jeune fille au monde à savoir combien il pouvait être protecteur. Les autres ne connaissaient de lui que le sombre et énigmatique milliardaire magicien des affaires, le haïssaient même, parfois. Elle seule connaissait l'homme derrière le masque.

Le gris acier de ses yeux se teinta de chaleur tandis qu'il ajoutait :

— Je sais à quel point le thé est important pour vous, les Anglais.

— Tu as raison, et j'apprécie.

Chloe aurait apprécié n'importe quelle boisson venant de lui, mais en cet instant la vivifiante infusion lui était nécessaire. En premier lieu pour lui remettre les idées d'aplomb. Ensuite pour calmer son tremblement intérieur et l'aider à se souvenir que, en dépit du divorce qui le conclurait, ce voyage était une occasion d'exprimer sa reconnaissance envers Lao. Pas de l'imaginer vêtu seulement d'un maillot de bain bleu cobalt, ni de se pâmer devant son séduisant visage.

La porte s'ouvrant après un petit coup discret, elle tourna la tête. Le majordome entra derrière un serviteur chargé d'un plateau, qui disposa deux tasses, une théière, un sucrier et un petit pot de lait sur un guéridon installé entre deux fauteuils. Puis il quitta la pièce, suivi du chef de la domesticité.

Décidée à aborder le sujet afin de ne pas rester bouche cousue et submergée par l'émotion si Lao le faisait, Chloe prit une profonde inspiration et se lança.

— Je tiens à te remercier et te dire à quel point j'ai apprécié ton soutien au cours des cinq dernières années. J'ignore ce que je serais devenue sans toi. Désormais, grâce à toi, je me sens prête à affronter ma vie. Seule. Je n'oublierai cependant jamais combien tu as été merveilleux avec moi alors que nous n'avions plus aucun lien de parenté, dans la mesure où, ta mère étant décédée, tu n'étais plus mon frère par alliance.

Lao resta impassible. Elle eut pourtant l'impression qu'il tenait davantage de place, emplissait soudain l'espace jusqu'au plafond en verrière, puis elle vit son regard s'assombrir.

Un frisson lui parcourut le dos.

— Pourquoi crois-tu que je t'aie fait venir ici, Chloe ?

Un rire nerveux la secoua, dont elle ne comprenait pas l'origine. Une telle question était du pur Lao. D'accord, il était terriblement imposant, mais il avait toujours fait preuve d'une remarquable gentillesse envers elle. D'une certaine affection même. Alors pourquoi être si nerveuse ?

— Eh bien, tu dois avoir envie de poursuivre ta vie, j'imagine. Or le fait d'être marié avec la fille d'un homme que, si je me souviens bien, tu n'as jamais aimé pourrait être un obstacle.

Comme il continuait à la fixer, le regard sombre, elle eut l'impression de suffoquer et s'empressa de préciser :

— Que tu décides de divorcer me convient parfaitement, Lao. Tu n'as pas à t'inquiéter pour moi.

— Je ne m'inquiète pas pour toi car je sais ton avenir assuré, répondit-il d'une voix grave et sévère qui la fit frissonner davantage. Mais il est temps que la situation change. Grand temps même.

Chloe dissimula une déception injustifiée sous un hochement de tête.

— Grand temps, en effet. Je suis d'accord avec toi sur ce point.

— J'ai besoin d'un héritier et, dans la mesure où j'ai déjà une femme, je ne vois aucune raison de ne pas en profiter.

Son ton pourtant sévère s'était teinté d'une douceur à peine perceptible, quand rien dans son attitude ne laissait deviner qu'il en était capable. Stupéfaite, la gorge brusquement serrée, Chloe ne put que balbutier :

— Un héritier ? Tu veux dire... avec moi ?

Dressé devant elle, il lui sembla devenir de plus en plus impressionnant, presque autant que la montagne sur laquelle ils se trouvaient. Il la regardait comme si elle était une petite chose fragile au creux de sa main.

Et elle eut l'impression d'en être une.

— Oui, Chloe, je veux dire avec toi. Il est temps que tu deviennes ma femme sur tous les plans.

2

Lao Monteleone avait attendu ce moment toute sa vie, avec une impatience difficilement supportable.

À présent, il était arrivé et s'avérait plus délicieux que dans son imagination.

Cela faisait si longtemps qu'il désirait Chloe Stapleton...

Or il avait l'habitude de voir ses désirs comblés au plus vite. Il avait donc choisi de considérer son obsession pour elle comme une leçon de patience nécessaire, car cela lui rappelait que, bien qu'étant le maître actuel de la vaste entreprise Monteleone, il restait un simple mortel, un être de chair et de sang.

Un homme comme les autres pour ce qui était le plus important.

Un rappel dont il n'avait nul besoin en cet instant où Chloe se trouvait debout devant lui, avec ses yeux rêveurs au doux brun chocolaté et sa bouche entrouverte.

Lorsqu'elle était seule, à Londres, elle s'habillait de manière beaucoup plus décontractée, il le savait.

Lao savait aussi qu'elle aimait faire un effort vestimentaire pour le rencontrer – d'où la robe seyante dont le décolleté soulignait la délicatesse de ses épaules et son long cou élégant – et il appréciait cela.

Mais il appréciait encore plus la manière dont elle le regardait en cet instant, avec un éclat brillant très nouveau dans les yeux...

Savait-elle qu'elle le désirait, ou devrait-il lui apprendre cela aussi ?

Il était plus que prêt à le découvrir.

— Je ne comprends pas, dit-elle, alors qu'il était plutôt certain du contraire.

Il traversa la pièce, frôlant presque son bras en s'asseyant dans un fauteuil placé devant le guéridon où son employé avait disposé le thé. Bien que trouvant surfaite la passion des Anglais pour ce breuvage, insipide à son goût, Lao lui en versa une tasse avant de s'en servir une, puis la regarda s'approcher lentement, comme tirée par un fil invisible, pour s'installer face à lui.

Encore un point qu'il aimait chez elle. Avec lui, elle marchait toujours avec cette lenteur langoureuse.

— Je me suis toujours attendue à ce que tu veuilles divorcer à un moment donné, dit-elle tout en versant un nuage de lait dans sa tasse avant d'y ajouter deux sucres. Je croyais que c'était convenu tacitement depuis le début entre nous, dans la mesure où tu m'as épousée pour me rendre un service ponctuel. Pas à vie.

— Non, je ne souhaite pas divorcer.

— Mais tu le dois, répliqua-t-elle d'un ton solennel, et son regard direct contrastait avec l'habitude de toujours éviter le sien. Si tu veux un héritier, Lao, cela tombe sous le sens.

— Pas pour moi.

Les lèvres entrouvertes, Chloe cilla, son beau visage exprimant son incrédulité.

— Je ne te suis pas. Dès l'instant où tu auras laissé filtrer l'information, les femmes les plus séduisantes de la planète défileront à ta porte, prêtes à porter ton enfant.

— Je n'ai nul besoin d'elles. Mon héritier doit être légitime. Étant donné que je suis déjà marié, la solution est évidente. N'est-ce pas ton avis ?

Chloe fronça les sourcils, but une gorgée de thé, puis reposa sa tasse avant de fixer son regard sur le mur vitré, pensive. À la voir réfléchir si sérieusement, Lao mesura le chemin parcouru. La jeune fille qui s'était présentée au château, perdue, anéantie après deux deuils presque consécutifs, avait disparu. Elle avait d'abord affronté la perte de la sublime Portia, la belle-mère qu'elle adorait – tout comme quiconque la rencontrait. Puis celle de son père, six mois plus tard, ce Charlie Stapleton qui se trouvait à la tête d'une fortune certes immense, mais récemment acquise, et qui avait épousé la veuve Monteleone.

Apprendre de la bouche de sa mère qu'elle allait se remarier à peine dix-huit mois après le décès de son père avait été loin de réjouir Lao. Ses parents n'avaient jamais été heureux ensemble, toutefois le bonheur n'entrait pas en ligne de compte pour les Monteleone. Ce qu'il s'était permis de lui dire, avec diplomatie bien entendu.

« Il y a plus dans la vie que les seuls Monteleone, Stanislao », lui avait répondu Portia d'un ton très calme. « Même pour toi. »

Il s'était forcé à rester impassible face à cette

déclaration qui lui avait semblé imprégnée d'une étrange sagesse, se contentant de lâcher un laconique : « Je n'ai rien vu qui le suggère. »

Que Portia se marie malgré tout avait surpris, pour ne pas dire révolté Lao. Il n'avait jamais considéré Charlie comme son beau-père – terme trop intime – ni n'avait essayé de se rapprocher de lui. Tous deux se côtoyaient au cours des inévitables fêtes familiales, faisaient bien sûr preuve d'une aimable politesse de rigueur, mais leur relation s'arrêtait à ces courtoisies.

Le souvenir le plus marquant qu'avait Lao du mariage de sa mère, c'était la petite fille de Charlie. Une enfant de toute évidence aussi peu heureuse que lui de cette union.

Alors qu'ils s'étaient trouvés seuls un moment, il lui avait dit sans trop savoir pourquoi : « Tu dois être contente d'avoir une nouvelle maman. »

Du haut de ses sept ans, un regard noir à l'appui, sa réponse avait fusé : « J'ai déjà une maman, même si elle n'est pas là. J'en ai pas besoin d'une autre. »

Lao n'avait pu s'empêcher de rire. Cela l'avait étonné car il n'aurait jamais cru être même capable de sourire pendant cet événement ridicule. Il était prêt à apporter son éternel soutien à sa mère, mais n'avait nulle intention de se montrer chaleureux envers Charlie Stapleton ou l'enfant résultant de son scandaleux mariage ultra-médiatisé avec une « actrice » dont la beauté dépassait de loin le talent.

Pourtant, de ce jour, Lao avait bien malgré lui beaucoup aimé la petite Chloe. Au fil des ans, il avait même éprouvé une certaine forme de respect pour Charlie car, en dépit de ses multiples défauts, cet homme aimait sa mère comme son père ne l'avait jamais fait – et n'avait d'ailleurs ni voulu ni essayé.

Les sentiments étaient étrangers aux Monteleone, lui avait toujours expliqué ce dernier. Les émotions étaient réservées aux plus humbles qu'eux, ceux qui avaient le temps de se complaire dans de telles stupidités, et pour qui cela ne portait pas à conséquence. Afin de diriger son immense empire, leur famille se devait de rester invulnérable et dans l'ombre. « La véritable puissance reste invisible, on ne la tourne pas en spectacle. »

Chloe n'était cependant pas une Monteleone. Du moins à l'époque.

Et cette drôle de petite fille l'avait amusé. Plus tard aussi, quand elle parlait sans cesse des superbes manoirs où ils allaient, les yeux emplis de rêves, et toujours des piles de livres dans les bras. Peu de choses amusaient Lao pourtant. Des années avaient passé, pendant lesquelles il ne l'avait plus vue, puis elle était venue en Sicile peu après son dix-huitième anniversaire, pour lui demander son aide.

Il n'avait pas hésité à la lui offrir, en l'honneur de la fillette si gaie et si espiègle dont il se souvenait – la seule enfant avec qui il ait alors eu une interaction. Et aussi parce que sa mère aurait été heureuse de le voir accomplir un acte gratuit pour le seul bien d'une personne.

Bien qu'elle ait été mariée à un homme glacial, Portia n'avait jamais perdu sa chaleur naturelle. Une femme exceptionnelle…

Bref, il aurait aidé Chloe quelles que soient les circonstances.

Lao la revit, effondrée, dans son bureau. D'un coup, cela avait tout changé pour lui. Pourquoi ? Il n'en savait rien, et ce n'était pas faute d'y avoir souvent et longuement réfléchi depuis, pour arriver à la seule explication possible : le chagrin avait peut-être façonné ses traits de manière indélébile.

Quoi qu'il en soit, le désir l'avait foudroyé. Jamais une femme n'avait eu cet effet sur lui. Il s'était même demandé si sa réaction était un choc dû à la surprise, ou s'il s'agissait d'une étonnante et inédite manifestation d'émotion. Le plus troublant dans ce dernier cas étant que l'élément déclencheur en ait été Chloe Stapleton. Elle entre toutes !

Non, ce devait tout simplement être un état de faiblesse passager, avait-il conclu.

Sa décision avait été prise en un éclair. Grâce à un financement aussi discret que conséquent, Lao avait convaincu un prêtre d'accélérer les interminables formalités requises pour un mariage dans le pays. Il avait épousé Chloe puis l'avait laissée rentrer à Londres et poursuivre sa vie. Il avait cependant chargé une équipe de sécurité de veiller sur elle à son insu, pour le cas où quelqu'un en Angleterre découvrirait sa toute nouvelle appartenance à la famille Monteleone et chercherait à l'atteindre, lui, à travers elle.

Lao avait repris son travail, persuadé que son étrange désir pour Chloe s'estomperait avant de finir par disparaître. Mais il n'en avait rien été.

À chaque rendez-vous qu'il organisait avec son épouse putative afin de faire le point sur sa vie, sa première et intense réaction revenait, toujours plus forte. Il avait dû affronter la réalité au Brésil, quand le vêtement aérien qu'elle portait par-dessus son maillot n'avait fait qu'attirer son attention sur ce qui se trouvait en dessous.

Depuis, la vision de ses courbes si féminines, soulignées par un bikini au rouge éclatant, le hantait. Un jeu de patience avait alors commencé, les conduisant enfin à ce moment, dans son château.

Au jour où il en avait eu assez.

Si ce désir devait le ronger, autant l'utiliser dans un but louable en plus d'être agréable.

Chloe ayant fini sa tasse de thé et laissé à nouveau son regard errer sur le mur vitré, Lao la resservit.

— Alors ? J'attends toujours ta réponse.

Elle ramena aussitôt les yeux sur lui.

— C'est vrai, excuse-moi. Je ne suis pas certaine de comprendre ce que tu attends de moi.

Il réprima un sourire et attendit. Il avait affaire à une rêveuse qui, ayant été protégée à l'extrême par son père, avait grandi dans ce monde cruel en conservant une naïveté désarmante.

Lui n'était ni rêveur ni naïf. Son père l'avait élevé comme des générations d'hommes de la famille l'avaient été avant lui. À la dure, afin de le préparer à l'énorme tâche qui l'attendait. Maintenir et faire prospérer l'empire Monteleone, si étendu que nul n'avait idée de ses limites.

Lao avait pris son rôle au sérieux. À l'inverse d'héritiers de sa connaissance, dotés comme lui de grosses fortunes, il n'avait pas perdu sa jeunesse en poursuivant des plaisirs aussi éphémères que stupides, n'avait pas donné matière à commérages aux tabloïdes, n'avait pas participé à des activités ou des événements en vue ni ne s'était exhibé dans les lieux fréquentés par les paparazzis.

Au lieu de se mettre en avant, les Monteleone avaient toujours préféré rester dans l'ombre de leur empire.

Cela n'avait pourtant pas empêché Lao de satisfaire chacun de ses désirs comme bon lui semblait.

Or, s'il y avait une chose qu'il reconnaissait au premier coup d'œil, c'était bien un intérêt féminin marqué.

Il l'avait décelé chez Chloe Stapleton depuis un certain temps, sans toutefois être certain de sa réalité, avant le Brésil. À présent, il n'en doutait plus.

Par chance pour elle, il était prêt à lui donner une suite.

— Pourrais-tu m'expliquer ce que tu voulais dire exactement ? demanda-t-elle enfin.

— Je crois que tu le sais très bien.

— Tu voudrais que je sois ta femme... complètement ?

— Effectivement. C'est à toi que je suis marié. À personne d'autre.

Une vive rougeur enflamma les joues de Chloe. Sa bouche s'entrouvrit, ses yeux s'écarquillèrent et un éclat inédit brilla en eux, ce qui enchanta Lao autant que l'expression stupéfaite qu'elle affichait.

— Oh... Non, c'est impossible. J'ai dû mal comprendre. Tu ne peux...

Sa phrase resta en suspens tandis que ses iris s'assombrissaient comme si elle prenait enfin conscience de la tension dans la pièce. Son regard passa rapidement de Lao au mur vitré puis revint sur lui. De toute évidence, des images s'imposèrent à sa pensée car elle se mit à se dandiner sur son fauteuil.

Immédiatement, des visions très précises naquirent dans l'esprit de Lao.

— En termes plus explicites, Chloe, je te veux dans mon lit. Chaque nuit. Nous prendrons notre temps pour assurer la lignée Monteleone, car je ne compte pas m'en tenir à un seul héritier, à l'instar de mes parents. Je pensais en avoir quatre. Au moins.

— Tu veux quatre enfants ?

— Oui. Et je veux les faire avec toi, dans un lit, contre un mur, et partout où nos envies nous entraîneront. Est-ce suffisamment clair pour toi, à présent ?

Chloe se figea. Il la regarda assimiler la réalité de ses propos, se découvrant soudain tendu à l'idée qu'elle puisse prendre la fuite sur-le-champ. Bizarrement, cette éventualité ne lui déplut pas. Elle éveilla au contraire son instinct enfoui de chasseur.

Cela lui rappela le contenu des rapports envoyés par ses détectives au cours des cinq années précédentes. Il s'était attendu à ce qu'elle mène la même vie que les riches et belles jeunes filles de dix-huit ans. Mais si elle sortait effectivement avec ses amies, contrairement à ces dernières, elle rentrait directement dans son appartement le soir au lieu de terminer la nuit avec un petit ami.

Il avait alors commencé à soupçonner – puis à espérer – qu'elle était aussi innocente qu'elle le paraissait.

Sans être un prérequis, la virginité de son épouse l'avait obsédé.

Et en cet instant, son obsession déferla de nouveau sur lui, alimentée par le changement qui venait de s'opérer en Chloe.

Sa respiration s'était accélérée. Sa poitrine se soulevait à un rythme rapide. Les émotions se succédaient sur son visage sans qu'il puisse les définir, mais peu importait. Il ne désirait rien d'autre que cette femme et saurait attendre le temps qu'il faudrait.

— C'est... inattendu..., balbutia-t-elle.

À ces mots, pour la première fois, Lao se demanda si elle voulait de lui. Cette incertitude le troubla tant qu'il étudia le visage de Chloe. Elle s'humecta les lèvres, cilla de nouveau comme pour clarifier ses pensées, puis reprit d'un ton précautionneux :

— Tu ne m'as jamais donné l'impression d'éprouver de tels sentiments pour moi.

— Parce que je n'éprouve aucun sentiment, Chloe, répondit-il sèchement. Ne m'attribue pas une telle mièvrerie. Nous sommes déjà mari et femme. Du moins sur le papier. Cette situation a assez duré. Il est temps de faire passer notre relation à l'étape suivante.

— L'étape suivante..., répéta-t-elle, pensive.

— Exactement. Je suis très occupé. Je ne vois pas l'intérêt de divorcer pour me remarier à une autre afin d'avoir un héritier légitime. Ce serait une perte de temps alors que tu es ici et n'as, me semble-t-il, rien de plus important à faire à Londres.

Les yeux de Chloe se plissèrent.

— Que le ciel te préserve d'une telle perte de temps.

— Et toi, préserve-moi de ce genre d'ironie. Nous devons aborder cette étape avec efficacité et circonspection. Je ne demande rien de plus.

— Efficacité, répéta-t-elle, sa voix grimpant d'une octave à chaque syllabe et un éclair inconnu brillant dans son regard sombre.

Serait-ce une manifestation de colère ? Lao le craignit, mais déjà elle poursuivait :

— Circonspection. Et, bien sûr, de torrides ébats contre un mur. Ne nous attardons toutefois pas sur ce point pour l'instant.

C'était pourtant celui sur lequel il souhaitait s'attarder. Tant pis. En fait, Lao n'avait pas anticipé cette réaction. Il s'était attendu à des larmes de reconnaissance, telles celles qu'elle avait versées cinq ans plus tôt, le jour où il l'avait épousée puis avait pris en charge la direction de ses finances ainsi que la gestion de son manoir.

Il ne voyait pas en quoi sa proposition l'irritait, ni pourquoi elle s'était imaginé qu'il l'avait fait venir jusqu'en Sicile pour divorcer quand il aurait pu lui faire remettre les documents à signer par un avocat à Londres. Il jugea toutefois plus prudent de ne rien en dire.

— Tu bénéficies déjà de ma protection, lui fit-il remarquer. Le seul changement pour toi sera l'aspect physique de notre relation.

S'autorisant alors un sourire, Lao ajouta :

— Je me flatte de penser que mes attentions ne seront pas un tribut trop cher à payer.

Chloe soutint son regard un long moment. L'éclat de ses yeux le brûla, le fit se tendre. Soudain, elle baissa la tête vers ses genoux et entrelaça ses doigts, saisie d'une agitation perceptible.

Lao n'y vit qu'une seule raison. C'était cela ! Elle était bouleversée - comme l'aurait été n'importe quelle femme recevant une telle offre de sa part - et devait se ressaisir. Désormais, elle n'avait plus l'âge de se jeter contre sa poitrine, en larmes.

Il attendit donc qu'elle relève la tête, lui sourie et accepte sa générosité avec gratitude.

Une nouvelle fois.

Car, même s'il avait trouvé irritant qu'elle s'attende à une demande de divorce, cela aurait été une issue raisonnable à leur situation.

Ce qu'il lui offrait, en revanche, était un véritable cadeau.

Mais quand Chloe releva la tête, il ne vit aucune trace de sourire sur ses lèvres, ni de reconnaissance dans ses yeux. Son regard était sombre et sa mâchoire serrée.

— Non.

Ce refus définitif l'atteignit tel un coup porté en pleine figure. En un éclair, il fouilla sa mémoire, cherchant à quand remontait une semblable opposition. En vain.

Chloe révélait une facette de son caractère qu'il ne fut pas certain d'apprécier.

— Pardon ?

— Non, répéta-t-elle avant d'expirer profondément. Je dois refuser.

Il attendit qu'elle développe sa réponse, au lieu de quoi elle se leva et marcha vers la porte, dans l'intention évidente de quitter la pièce. Peut-être même le château.

Cette nouvelle version de Chloe cessa de l'amuser.

— N'as-tu pas l'intention de m'expliquer ce qui t'empêche d'accepter ? demanda-t-il d'un ton qui, bien qu'elle l'ignorât, correspondait à la version la plus dangereuse de lui-même.

Elle s'immobilisa puis, sans se retourner, déclara d'un ton ferme :

— Si tu cherches une femme pour coucher avec toi quand cela te chante, tu n'auras que l'embarras du choix. Mais ce ne sera pas moi.

Finis, les balbutiements et bégaiements quand elle s'adressait à lui. Chloe avait parlé avec fermeté. Après avoir bénéficié de sa protection pendant des années, elle s'indignait de l'honneur qu'il lui faisait en lui offrant d'être la mère de la nouvelle génération de Monteleone. C'était incroyable. Il ne lui demandait pas de se prostituer, que diable !

Lao réalisa alors qu'il l'avait déjà entendue lui répondre sur ce ton, quand elle était une petite fille fâchée.

Peu importait ce souvenir, s'irrita-t-il *in petto*. Cela n'avait plus rien de drôle.

Trouvant intolérable le fait qu'elle lui tourne le dos, les épaules raidies d'indignation, il lança d'un ton glacial et sans dissimuler la menace sous-jacente :

— Je pense que tu m'as mal compris. Il ne s'agissait pas d'une requête.

3

Chloe resta sans voix, parvenant à peine à respirer tant le choc était intense.

Mais elle aurait dû s'en douter.

Un homme tel que Lao n'éprouvait pas de sentiments, surtout pour elle. Il lui demandait seulement de devenir une de ses employées, avec pour charge de produire pas moins de quatre héritiers destinés à suivre ses ordres eux aussi.

En proie à une multitude d'émotions, elle s'efforça de les dissimuler en attendant de pouvoir, plus tard, se pencher sur leur signification.

En cet instant, le plus important était de conserver sa dignité face à Lao.

Dire que le rêve qui palpitait en son cœur, si aérien qu'elle refusait de l'admettre, avait été si près de se réaliser…

Et elle si près de reconnaître en secret ses sentiments pour Lao, soigneusement enfouis depuis aussi longtemps qu'elle se souvienne, même si à l'époque le vocabulaire pour les exprimer lui manquait autant que la maturité pour les regarder en face, encore moins les analyser.

À vrai dire, ils étaient tout aussi inexprimables à ce point de sa vie. Mais à quoi bon s'en soucier puisque Lao parlait à sa place. Prenait aussi toutes les décisions à sa place, ces dernières années.

Oui, elle aurait dû savoir à quoi s'en tenir avec lui. Et ne pas avoir prévu un tel ordre, car c'était bien de cela qu'il s'agissait, non « pas une requête », était exaspérant.

Pour être honnête, c'était même plus qu'exaspérant.

C'était douloureux de savoir qu'il n'attendait rien d'autre d'elle que de lui donner des héritiers.

Jamais Chloe n'aurait cru en souffrir autant. L'idée de divorcer était au moins logique. Mais devenir une simple... commodité était trop éloigné des rêves qu'elle aurait mieux fait de ne pas entretenir.

Mais auxquels elle avait cru.

En l'entendant dire « Dans mon lit, contre un mur, et partout où nos envies nous entraîneront », elle y avait cru, avait même senti un brasier s'allumer dans son ventre...

Quelle idiote ! Ses rêves ne se réalisaient jamais. Elle était celle dont la mère ne voulait pas, celle qui avait perdu tous ceux qu'elle aimait.

Sauf un, mais il était inaccessible.

Chloe l'avait toujours su. Même enfant, à ses yeux, il était déjà inatteignable. Sa grande taille le lui faisait voir comme une montagne qui projetait son ombre sur elle.

Mais il était aussi un homme, ce qui rendait toute interaction délicate.

Pour elle, du moins.

Sur cette pensée, Chloe se retourna lentement.

À la vue de l'expression de Lao, un grand silence se fit dans son corps, remplacé presque aussitôt par… un doux murmure. Comme si elle était une minuscule créature, rien d'autre qu'une proie, la proie qu'il convoitait.

Une révélation la laissa médusée : elle voulait par-dessus tout qu'il se lance à sa poursuite. Et, mieux encore, être attrapée. Elle en eut le souffle coupé.

— Tu n'as aucune autorité sur moi, Lao, dit-elle d'une voix trop douce à son goût.

En réaction, elle se redressa, espérant gagner par là la confiance et la combativité qu'elle aurait dû développer dans sa jeunesse.

Mieux valait tard que jamais.

Lao se contenta de la fixer du fond de son fauteuil, avec arrogance.

— Ah bon ?

Sur ce, il se leva.

Et cet homme à l'apparence d'ordinaire si familière lui sembla soudain être un total étranger. Son regard était impitoyable.

Chloe sentit son ventre se contracter, non pas d'effroi mais sous l'effet d'une sensation indéfinissable.

— Vas-y, défie-moi si ça t'amuse, lâcha-t-il.

Sa repartie aurait pu lui paraître désinvolte si elle n'avait remarqué une lueur intense dans ses yeux.

— Je te remercie de m'y autoriser.

— Sais-tu ce qu'il adviendra alors de toi, Chloe ? Ta victoire sera coûteuse. Je contrôle déjà la majorité de tes fonds. De plus, sur cette propriété, je *te* contrôle. Tu ne peux pas en partir sans mon autorisation. Or, même si je te la donnais, tu n'aurais aucun moyen de quitter cette île.

— Serais-je ta prisonnière ? Ciel ! J'ai l'impression d'avoir été transportée au Moyen Âge.

— Disons plutôt que tu as fini par te réveiller. Tu as fini par ouvrir les yeux et voir ce qui était devant toi depuis le début, *dusci mia*.

Lao ne l'avait encore jamais appelée ainsi. Ce terme résonna jusqu'au plus profond de son être, l'ébranla par son côté à la fois intime et menaçant. Chloe dut faire un effort pour répondre avec calme.

— Je te croyais mon ami.

Ce qui était en partie vrai, car c'était la seule chose raisonnable qu'elle pouvait espérer de lui. Pourtant, elle avait entretenu d'autres rêves, pleins de gaieté, de couleurs, de complicité et de romantisme. Apprendre que seul l'aspect physique de leur mariage intéressait Lao, à l'exclusion des autres liens qu'elle désirait tant avec lui, l'avait blessée.

Chloe le suspectait de le savoir. De connaître ses rêves aussi, et chacune de ses pensées vagabondes, de la plus naïve à la plus osée.

— Je suis le meilleur ami que tu aies jamais eu, pourrait-on dire.

Même si Lao se tenait toujours à la même place, elle eut l'impression qu'il venait de franchir la distance entre eux et de refermer sa grande main autour de son cou. Comme s'il l'avait deviné, il enfonça ses mains dans ses poches.

— J'ai été à ton entière disposition pendant cinq ans, reprit-il, j'ai accédé à tous tes désirs. Peux-tu imaginer meilleur ami que moi ?

— Le tout-puissant Stanislao Monteleone ne fait donc preuve de gentillesse envers une femme que lorsqu'il a une idée derrière la tête. C'est déprimant.

Plus encore, c'était rageant. Douloureux à l'extrême. Et avoir cru naïvement à une offre née de sentiments, en plus de s'être mise à sa merci, était tout cela aussi.

— Je ne comprends pas ta réaction, l'attirance entre nous a toujours été évidente.

Il était donc bien le formidable adversaire que les journaux décrivaient, un homme impitoyable qui se mouvait dans l'ombre tel un fantôme, poursuivant ses propres buts, indifférent aux autres et sûr de son pouvoir.

Après avoir refusé de le voir ainsi, Chloe dut s'y résoudre. Il parlait d'attirance évidente comme d'un fait clinique sous-entendant qu'elle était puérile d'y voir autre chose.

— Eh bien, dans ce cas, nous sommes tous deux surpris, car je ne reconnais pas mon frère par alliance dans l'homme qui me menace ainsi que tu le fais aujourd'hui.

Il la regarda un instant en silence, la poussant à penser qu'elle avait peut-être réussi à l'atteindre, puis il rit avec un éclat joyeux – ou malicieux ? – dans le gris acier de ses yeux. Mais l'un ou l'autre, peu importait. Son effet fut immédiat : le sang se mit à chanter dans les veines de Chloe, si fort qu'elle eut du mal à contenir sa soudaine agitation intérieure.

— Parce que devenir ma femme au sens biblique du terme représente une menace pour toi ? Je serais tenté de trouver cela insultant, mais je ne te crois pas.

— Que tu me croies ou pas n'est pas la question. Tu

as contrôlé bien des aspects de ma vie ces dernières années, or dans ce cas il s'agit de ma vie *intime*. Je croyais que tu voulais m'aider, pas recueillir des preuves à utiliser contre moi de la sorte !

À la grande surprise de Chloe, Lao lui sembla presque... fier.

— Dire que je croyais ta personnalité belliqueuse disparue avec la mort de ton père.

— Utiliser mon père pour m'atteindre est un coup bas, rétorqua-t-elle avant de constater que cette réponse ne l'affectait visiblement pas, à en juger par son haussement d'épaules désinvolte.

— Peut-être. Petite fille, pourtant, tu exprimais tes opinions sans considération pour leur portée, ni sous couvert d'une fausse courtoisie. Ce n'est pas un reproche. Je trouvais cela rafraîchissant. Mais lorsque tu es venue me trouver il y a cinq ans, tu étais complètement perdue. Et tu l'es encore, à ce que je constate.

Chloe ouvrit la bouche pour se défendre. Un éclair noir traversant les yeux de Lao, elle la referma aussitôt.

— Tu n'as aucun but. Tu erres d'un emploi sans intérêt à l'autre. Quel est le dernier, d'ailleurs ? Ah oui, tu ornes une galerie d'art, c'est ça ?

— Je suis une assistante, pas un ornement.

— Et comment *assistes-tu*, au juste ? Que connais-tu de l'art, d'ailleurs ?

— J'aime l'art, de cela je suis sûre. Je ne peux pas en dire autant de toi.

— J'ignore si tu veux dire que je n'aime pas l'art ou que tu ne m'aimes pas, mais peu importe. Ton amour pour l'art ou ton animosité envers moi ne dureront pas. Ton enthousiasme pour ce poste s'émoussera et tu passeras à un autre emploi tout aussi inutile. Comment imagines-tu ton avenir ? Où te vois-tu dans dix ans ?

Son ton condescendant, paternaliste de surcroît, révolta Chloe, qui se mit à trembler. Or, manque de chance, ce fut visible. Lao attribuerait certainement cela à l'émotion. Ce qui n'était pas faux dans la mesure où l'intensité de son regard, ajoutée à la conscience aiguë qu'elle avait de sa présence, la troublait. Mais elle n'en était pas moins furieuse.

— Peu importe où je serai dans dix ans, car je suis venue ici pour divorcer. Aussi je te remercie pour tout ce que tu as fait pour moi ces dernières années, mais je suis capable de gérer mes propres affaires à partir de maintenant.

Son assurance ne sembla pas impressionner Lao.

— Vraiment ? As-tu la moindre idée de ce que représente cette charge, soit ce que j'ai fait pour toi ?

— Je le découvrirai.

— Tiens donc. Après avoir papillonné du monde de l'édition aux organisations caritatives, puis t'être intéressée à l'art, et vu ton manque de formation en matière de gestion, j'ai du mal à t'imaginer prendre les rênes d'une entreprise financière multinationale. Sans parler de ta fortune personnelle, dont tu ne t'es jamais souciée au cours des cinq dernières années, me laissant la charge de la faire fructifier. Dis-moi, Chloe, sais-tu seulement à combien elle se monte ?

Honteuse de son ignorance, elle lança un nombre approximatif.

— Et d'où tiens-tu ça ?

— D'un article lu dans un magazine.

Lao haussa les sourcils. De toute évidence, elle venait de le décevoir. Sa honte empira.

— Tu devrais pourtant savoir à quel point cela m'amuse de fournir des informations erronées à la presse, dit-il avec un soupir éloquent à l'appui. Malgré cela, tu y accordes foi et essaies de me convaincre de ton aptitude à poursuivre seule le travail que j'ai effectué pour toi. Je pourrais te laisser faire, bien sûr. J'en suis presque tenté d'ailleurs, car je te sais trop têtue pour l'admettre. Toutefois, tu ne ferais que perdre ton temps, et tu me feras perdre le mien le jour où tu reviendras me supplier de t'accorder mon aide.

— Cela n'arrivera jamais, Lao.

— En effet, car je n'ai pas l'intention de le laisser arriver. Mais revenons-en à la décision dont je viens de te faire part.

— Tu n'as pas les idées claires.

— Tu crois cela ?

— Absolument.

Les idées de Chloe n'étaient pas plus claires, car à l'énoncé de ladite décision, un souvenir s'était immédiatement présenté à son esprit. La vision de Lao en maillot de bain. Or il ne lui demandait rien d'autre que de remplir un rôle, sans engagement sentimental.

— Tu ne veux pas réellement cela, je le sais.

— C'est ton point de vue. En revanche, je suis curieux de savoir pourquoi *toi*, tu ne veux pas.

Il haussa les sourcils tandis que l'ébauche d'un sourire relevait les coins de sa bouche, puis demanda :

— Me trouves-tu repoussant ?

Son arrogante certitude d'obtenir une dénégation irrita Chloe. Elle aurait aimé lui répondre que l'idée de devenir sa femme au sens biblique du terme la dégoûtait, en effet, qu'elle n'avait jamais vu en lui qu'un frère distant. Mais de telles paroles le pousseraient à divorcer sur-le-champ, et elle ne le reverrait plus.

Jamais.

Il lui suffisait de le dire, mais elle ne le pouvait pas. Lui mentir était impossible.

Surtout sur ce point.

Surtout après s'être menti à elle-même pendant si longtemps et avoir enfin découvert la réalité de son désir pour lui.

Brusquement, il sembla à Chloe que l'air s'était chargé d'électricité. Le regard de Lao la transperça lorsqu'il poursuivit :

— Parce que, si c'était le cas, je renouvellerais le conseil que je t'ai donné le jour où tu voulais commencer à boire des alcools forts.

Le souvenir de cette conversation revint immédiatement à l'esprit de Chloe. Elle avait alors quinze ou seize ans, était rentrée du pensionnat avec une amie pour Noël, et sa camarade de classe s'était ridiculisée en abusant des spiritueux. Bien qu'adorant l'attention soucieuse que lui avait apportée Lao, elle s'était rebellée : « Les garçons se soûlent tout le temps. Pourquoi est-ce la fin du monde quand cela arrive à une fille ? » Lao avait répondu avec sa franchise habituelle. « Une fois soûls, les garçons deviennent rustres. Par conséquent, les filles deviennent de potentielles victimes. »

Chloe n'avait pas expliqué qu'elle était depuis toujours la plus prudente de son groupe de camarades, celle qui ne se permettait jamais d'actes susceptibles d'être dangereux. Cela l'aurait fait paraître peu hardie aux yeux de Lao quand elle aurait souhaité qu'il la trouve intéressante.

Profitant du brouhaha général, il avait poursuivi : « En cas de doute, je te conseille d'essayer ce que tes amies boivent ou font, mais avec modération. C'est le meilleur moyen de voir si tu aimes ou supportes. Et surtout, ne bois jamais rien qui ait été versé dans ton verre hors de ta vue. »

Ses sages paroles s'étant accompagnées d'une caresse affectueuse sur son épaule, elle en avait été tout émue.

Il l'avait touchée !

Elle n'avait plus pensé qu'à ça les heures et jours suivants, comme si ce geste avait une signification profonde. Un geste encore gravé dans sa peau.

À cette évocation, Chloe frissonna.

Mais déjà il poursuivait, une ébauche de sourire sur ses lèvres sensuelles.

— Je constate que tu te souviens de cette conversation aussi bien que moi. En conséquence, je ne vais pas te traîner de force dans ma couche tel un homme préhistorique, Chloe, mais je t'invite à essayer ce que je te propose. Est-ce épouvantable au point d'en faire un tel drame ?

De toute évidence, il s'amusait à la provoquer. Grande fut son envie de le tester, de tourner les talons et partir. Elle verrait bien s'il disait vrai et s'il lui était impossible de quitter la propriété sans son autorisation.

Pourtant, elle ne bougea pas.

— Je te considère comme un frère, mentit-elle effrontément. Rien de plus.

— Non, je ne crois pas.

Sur ce, il franchit la distance les séparant pour s'arrêter à quelques centimètres d'elle, la fixant avec une intensité qui fit s'emballer le pouls de Chloe.

— Parce que tu crois mieux me connaître que je ne me connais moi-même ? J'ignore d'où tu tiens cette idée, mais elle est fausse. En fait, tu sais bien peu de choses me concernant.

— Tu es ma femme, dit-il d'une voix à la douceur enveloppante. Tu étais peut-être perdue toutes ces années, mais pas moi. J'ai toujours su exactement où tu te trouvais. Et qui tu étais.

Chloe déglutit.

— Tu m'as fait suivre ?

— Je t'ai protégée de toutes les manières possibles, rétorqua-t-il sèchement. Comme je t'avais promis de le faire.

Il lui posa alors une main sur la tête et lui caressa les cheveux.

Après qu'il s'était montré si dur et autoritaire, sentir l'infinie douceur de ce geste fit de nouveau trembler Chloe.

— Lao, je..., murmura-t-elle.

Lui prenant alors le visage entre les mains, il murmura à son tour :

— *Dusci mia*. Embrasse-moi.

4

Subjuguée par la délicatesse du toucher de Lao et l'intense autorité de son regard, Chloe crut qu'elle allait défaillir d'émotion.

Soudain, plus rien en lui n'était habituel, il était devenu le grand Stanislao Monteleone dans toute sa gloire.

Et elle fut prise d'une brusque envie de disparaître en lui, si tant est que cela soit possible.

Chloe aurait aimé combattre ce sentiment. Non pas qu'elle ne veuille pas de Lao, mais justement car elle le désirait ardemment.

Elle s'étonna d'avoir été capable de prétendre être dérangée à l'idée de voir leur relation devenir charnelle, quand en fait c'était la peur de se laisser engloutir dans les sentiments qu'elle tenait à distance depuis si longtemps qui la retenait. Des sentiments qu'elle avait toujours refusé obstinément de nommer.

Et si elle se perdait en eux, s'ils l'emportaient tandis que lui restait indemne ?

Cette idée était intolérable.

Mais Lao avait encore les mains sur ses joues et un regard impérieux...

Pour une fois, Chloe ne se sentit pas le moins du monde perdue.

Au contraire, elle n'avait jamais été aussi certaine qu'en cet instant d'être à sa place.

Son cœur battant si fort dans sa poitrine qu'il en était douloureux, elle se pencha légèrement et lui posa une main sur le torse.

Pendant la minute suivante, elle ne bougea plus, stupéfaite de sa propre témérité. Ou peut-être stupéfaite de sentir la chaleur de la peau de Lao sous sa paume, qui irradiait dans son propre corps. C'était si érotique… Une étrange faiblesse se diffusa à travers ses membres. Soudain, il lui sembla être envahie de lumière.

Une lumière qui l'illuminait de l'intérieur.

À cet instant, elle s'attendait à ce qu'il prenne le contrôle de la situation, la soulève dans ses bras et l'emporte, peu importait où.

Mais après avoir clamé qu'il voulait la garder ici même dans ce château, l'avoir menacée – à demi-mot et clairement –, il n'en fit rien.

Il se contenta d'attendre.

Seconde après seconde, l'atmosphère se fit plus intense, plus électrique.

Chloe aurait pu rester ainsi une éternité, mais Lao lui avait dit de l'embrasser, et elle en mourait d'envie, voulait même beaucoup plus que de simples baisers depuis… la nuit des temps.

Or Lao le savait, elle en était certaine.

Se dressant sur la pointe des pieds, Chloe approcha la bouche puis la posa sur ses lèvres. Leur douceur, l'odeur enivrante de son eau de toilette épicée et les battements endiablés de son propre cœur éclipsèrent toute autre perception, la poussant à désirer un contact beaucoup plus intime avec Lao.

Son Lao.

Passant un bras autour de sa taille, il la pressa contre lui puis prit possession de sa bouche. Leurs langues se trouvèrent, se mêlèrent.

Ce dont elle avait toujours rêvé arrivait enfin. À la demande de Lao, qui plus est. C'était enfin lui, elle, *eux*.

En un éclair, Chloe se remémora ses efforts incessants pour se trouver près de lui, la moindre excuse étant valable pour parvenir à cette fin.

Lors de sa première venue au *castello*, cinq ans auparavant, elle s'était précipitée vers lui comme s'il était le seul homme au monde.

Le seul à pouvoir l'aider.

Il était effectivement le seul qui comptait.

Et plus encore en cet instant où il l'embrassait sans pouvoir s'arrêter, semblait-il. Un baiser enflammé bien plus merveilleux que tout ce qu'elle avait imaginé depuis son adolescence, dans les rares moments où elle se surprenait à examiner honnêtement son rêve.

Chloe souhaita pouvoir vivre éternellement ce moment passionné, augmenter son intensité en arrachant leurs vêtements pour sentir son corps entier contre le sien.

Et voir alors ce qui arriverait...

Hélas, Lao choisit cet instant pour détacher ses lèvres des siennes.

Leurs regards se rencontrèrent. Une lueur dure brillait encore dans ses yeux gris acier, mais elle vit une expression triomphante sur ses traits qui ne la dérangea pas comme elle l'aurait dû.

Elle se sentait triomphante aussi.

Et ce, pour une raison toute simple : l'espace d'une fraction de seconde, avant de reprendre son expression habituelle, le puissant Lao Monteleone avait paru aussi troublé qu'elle.

Cette fugitive manifestation d'émotion avait disparu, mais Chloe en avait déjà engrangé le souvenir. Même s'il était le produit de son imagination, il lui apparaissait comme un trésor longtemps recherché, et sans trop d'espoir.

Lao lui caressa de nouveau les cheveux avant de lui prendre le visage entre les mains et de déclarer d'une voix grave :

— Je crois que nous allons bien nous entendre.

Elle fut tentée de le contredire dans le seul intérêt de lui tenir tête, toutefois le léger sourire de Lao l'en empêcha en déclenchant une véritable tempête d'émotions dans son esprit. Elle dut même reculer, s'éloigner de la source incandescente de son regard.

Le corps en feu, elle ne sut si elle avait envie de se mettre à virevolter de joie ou de se recroqueviller et pleurer pour évacuer dans ses larmes les sentiments confus qui l'assaillaient.

Lao prit son silence pour une capitulation. Passant devant elle, il alla ouvrir la porte, puis donna de rapides instructions en italien au serviteur en faction dans une alcôve proche.

Ceci fait, il revint vers elle.

— Maintenant, tu vas aller t'installer. Mon personnel

te fournira tout ce dont tu as besoin et nous nous reverrons ce soir.

De toute évidence, lui demander si elle avait envie de « s'installer » ne lui avait pas traversé l'esprit. Il lui ordonnait de le faire pendant que lui continuerait à diriger son empire du haut de sa montagne. Cela aurait peut-être suscité une riposte de sa part si elle n'avait pas été en proie à une aussi intense émotion. Embrasser Lao l'avait transformée. Pour la première fois de sa vie, elle se sentait entière.

De toute manière, il n'attendait visiblement aucun commentaire, car il retourna s'asseoir à son bureau. Presque instantanément, deux jeunes employées se présentèrent et Chloe les suivit, encore en proie aux délicieuses sensations provoquées par le baiser de Lao.

Lorsqu'elle recouvra ses esprits, elles atteignaient une partie du château où Chloe n'était encore jamais venue. Après avoir emprunté un couloir dont le blanc lumineux contrastait avec les peintures contemporaines colorées accrochées sur ses murs, elles pénétrèrent dans un appartement. Elle sut dès le premier coup d'œil qu'il s'agissait de celui du maître des lieux.

Lors de son premier séjour, il l'avait fait installer dans le quartier réservé aux invités. Un ravissant salon prolongé d'une chambre avec coin bureau et, bien sûr, salle de bains et dressing-room composaient sa suite. Le tout décoré dans des tons bleu vif et jaune très gais et meublé de délicates antiquités.

Dans cet appartement, l'atmosphère était différente. Malgré les murs en vieilles pierres et le bois sombre, l'ensemble était très clair grâce aux grandes fenêtres et portes-fenêtres ouvrant sur des balcons qui laissaient entrer le soleil et offraient une vue spectaculaire sur l'île, ses montagnes et, dans le lointain, la mer.

Chloe pensa que les employées allaient la laisser seule, voire l'enfermer à double tour jusqu'à ce que Lao soit prêt à venir la retrouver. Au lieu de cela, elles l'escortèrent dans une grande salle qui se révéla être un luxueux spa. Après lui avoir fait un gommage, elles la baignèrent. Vint ensuite une séance de manucure et pédicure, dont ses ongles ressortirent laqués de rouge vermillon. Ensuite, elle fut dirigée vers une table de massage. Là, une fois ses muscles parfaitement détendus, elle eut droit à un soin du visage.

Abandonnée aux mains des deux masseuses-esthéticiennes, Chloe ne vit pas les heures passer. Ses émotions s'étaient calmées grâce aux attentions reçues, ce qui lui permit de penser plus posément.

Soudain, la clarté se fit dans son esprit. Lao ne lui offrait pas une séance privée de spa pour son seul plaisir, il préparait son propre *cadeau*.

Il la préparait pour lui.

Il la préparait pour… plus tard.

À cette pensée, elle éprouva une étrange langueur. Tous ses membres s'amollirent. Son sang se mit à murmurer une douce mélodie dans ses veines.

Ce fut dans cet état de merveilleux bien-être que Chloe, enveloppée dans un moelleux peignoir en tissu-éponge, suivit enfin les deux jeunes femmes dans la chambre. Elle s'attendait à y trouver Lao, mais la pièce était vide. À son atmosphère si peu masculine, elle sut qu'il ne s'agissait pas de la chambre du propriétaire.

Un lit à baldaquin trônait face aux fenêtres. Dans

son prolongement, une méridienne recouverte de velours écarlate invitait à un langoureux repos. Il y avait aussi une coiffeuse et de petits meubles d'appoint de facture délicate. Une porte conduisait à une immense salle de bains dotée d'une baignoire sur pieds en cuivre. Une deuxième ouvrait sur un dressing-room si grand qu'il la fit penser aux salons privés des boutiques haut de gamme de Marylebone. Par la troisième, elle vit un second dressing-room tout aussi grand, rempli de vêtements masculins hors de prix dont émanait l'odeur subtile et épicée de l'eau de toilette de Lao. La curiosité la conduisit vers une autre porte, juste à côté. Elle la poussa légèrement. Celle-ci donnait sur une autre chambre.

Avant qu'elle puisse continuer son exploration, les deux jeunes femmes l'invitèrent à s'allonger sur la méridienne pendant qu'elles allaient lui chercher un thé.

Elles la laissèrent seule et, encore étourdie par sa découverte, Chloe s'exécuta. Lao l'avait installée dans la chambre adjacente à la sienne, ainsi qu'aimaient à le faire les hommes de sa condition avec leur épouse. Une réflexion d'une de ses amies de la haute société revint à sa mémoire. « Seuls les paysans partagent la couche de leur princesse en sabots. »

C'était peut-être une plaisanterie, mais pas en ce qui concernait Lao.

Il était tout sauf un paysan.

Sa chambre, qu'elle avait eu le temps d'apercevoir, reflétait sa virilité. Un mobilier sobre, imposant. En particulier l'immense lit qui occupait la quasi-totalité d'un mur. Et là encore, son parfum flottait – dont elle ressentait encore l'effet.

Son pouls s'accéléra.

Chloe attendit qu'il se soit calmé pour délaisser la méridienne et aller se poster devant les grandes fenêtres, puis laissa son regard errer sur les collines vallonnées du domaine des Monteleone en contrebas.

Son souffle s'apaisait quand elle pensa : *Je suis son cadeau*. Dans la seconde, son cœur s'emballa et la sensation d'étourdissement revint. Après quelques profondes inspirations, elle se sentit de nouveau capable de réfléchir calmement. Ou du moins d'essayer.

En venant en Sicile à la demande de Lao, elle s'était attendue à ce qu'il lui annonce son intention de divorcer, et peut-être lui demande de partager son dîner. Le lendemain, après lui avoir renouvelé ses remerciements, elle aurait repris l'avion pour Londres.

En aucun cas Chloe n'aurait imaginé se voir demander de consommer leur mariage.

Ni même qu'il l'embrasse.

Et quel baiser !

Son souvenir la bouleversait encore.

Il était cependant impératif de se détacher de ces sensations. Pour le moment.

Elle s'efforça d'examiner tous les aspects de la situation, même si cela lui était difficile en se trouvant dans l'orbite de Lao.

Il n'y avait aucune raison qu'elle n'arrive pas à faire de leur mariage un succès. Pour lui comme pour elle-même. Il n'avait pas à être le seul à obtenir ce qu'il voulait de leur union. Quatre enfants, grands dieux !

Chloe avait toujours eu l'intention d'avoir des

enfants. À un moment donné, dans l'avenir, mais pas si tôt. Sur ce point cependant, quoi que Lao ait prévu, elle n'avait pas à s'inquiéter, car tous les trois mois le médecin lui faisait une injection contraceptive. Ce n'était pas par nécessité, mais à titre préventif, au cas où l'envie lui prendrait subitement d'avoir des rapports.

Elle avait retardé cette décision pour la bonne raison que Lao avait été le seul homme qui l'ait attirée. Or, après leur discussion suivie d'un baiser, son rêve commençait à se réaliser. L'étape suivante n'en était que plus exaltante.

À cette évocation, une vague de chaleur déferla dans ses veines jusqu'au cœur de son intimité. Elle appuya son front contre la vitre dans l'espoir de se rafraîchir, puis admit qu'elle était prête à capituler, à accepter ce qu'un véritable mariage entraînait, d'autant plus facilement qu'elle n'en craignait pas les conséquences – désirées par Lao.

Il pensait connaître tous ses faits et gestes, or ce n'était pas entièrement vrai. Elle avait en effet reçu sa dernière injection en début de semaine, ce qui lui laissait trois mois de tranquillité pour explorer leur entente intime sans risquer de tomber enceinte. Trois mois pour découvrir si ses sentiments pour cet homme, qui voulait seulement assurer sa lignée alors qu'elle voulait beaucoup plus, survivraient.

Chloe pouvait donc vivre son rêve sans arrière-pensées. Ensuite, si une partie de leur union lui déplaisait, elle serait libre de partir. De cela, elle était certaine, car elle se savait capable de le bercer d'un faux sentiment de sécurité. Il était tellement sûr de lui. Et mieux encore, tellement sûr d'elle. Il s'attendrait à la voir accepter tout ce qu'il voulait puisqu'elle le faisait toujours, et que tout le monde en faisait autant face à lui.

Elle n'avait donc aucune raison de le laisser penser le contraire.

Aussi longtemps que cela lui conviendrait.

Après, elle pourrait faire ce que bon lui semblait, mais cette fois sans se demander ce qu'elle ratait.

Le retour des deux jeunes employées avec un plateau ramena Chloe dans le présent. Elle prit une tasse de thé, la but, puis les rejoignit à l'entrée du dressing-room dans lequel elles s'activaient devant les penderies ouvertes, semblant lui choisir une tenue pour la soirée. Elle se figea sur le seuil.

— Ce ne sont pas mes vêtements.

— M. Monteleone voulait s'assurer que vous ayez le choix, dit l'une des jeunes femmes en souriant. C'est un homme tellement généreux !

Chloe porta machinalement un doigt à ses lèvres. La sensation laissée par le baiser de Lao y subsistait malgré les heures passées. Cela l'étonna. C'était comme si ce baiser s'était imprimé dans sa chair, était devenu une partie d'elle-même.

Il l'avait changée.

Lao était très doué pour influencer les gens…

Déterminée à ne pas se laisser manipuler, elle se permit un sourire et répondit :

— Il est en effet très généreux. Toutefois, je choisirai ma tenue de ce soir en ne comptant que sur mon propre goût.

C'était peut-être idiot, mais elle s'en tiendrait à sa

décision. Même si son baiser lui avait fait tourner la tête, elle restait elle-même et conservait son libre arbitre.

Les deux femmes la regardèrent, visiblement étonnées, puis hochèrent la tête en souriant.

— Bien sûr, madame, répondit la première. Nous nous contenterons donc de souligner votre beauté naturelle.

Chloe ne comprit leur intention qu'après avoir sorti de sa valise et enfilé la petite robe noire toute simple qui l'accompagnait partout tant elle s'adaptait à de multiples circonstances.

À ce moment, les deux employées la conduisirent vers la coiffeuse. Dès qu'elle fut assise, elles relevèrent sa chevelure en un chignon élaboré d'apparence pourtant simple, puis appliquèrent un fard ombré sur ses paupières, soulignèrent le contour de ses yeux d'un léger trait d'eye-liner et déposèrent pour finir un nuage de poudre dorée sur l'ensemble de son visage. Chloe admira ce maquillage à peine visible à l'éclat si naturel.

Mais elles n'avaient pas fini. Vinrent ensuite une paire de boucles d'oreilles en diamants ainsi qu'un collier et un bracelet assortis qu'elle dut porter malgré ses protestations. Ensuite, comme elle se levait, elles lui présentèrent une paire d'escarpins en soie de couleur vive qui releva l'ensemble de sa tenue.

Elles la contemplèrent alors, exprimant leur satisfaction avec volubilité en italien avant de la pousser gentiment vers la sortie en riant.

Plus question de renoncer.

Le moment était venu d'aller rejoindre Lao...

Soudain nerveuse, Chloe reprit le long couloir vers l'escalier conduisant au rez-de-chaussée du château où se trouvaient une multitude de petits et grands salons, de salles à manger et diverses autres pièces de réception, comme il se devait pour un palais remarquable qui avait retrouvé sa splendeur d'antan.

Au passage, elle admira son reflet dans les nombreux miroirs qui ornaient les murs. Le rose de ses joues trahissait son excitation à l'idée de retrouver bientôt Lao.

Chloe ne sut dire si elle se sentait dans la peau d'une jeune épouse sur le point d'entamer sa vie de femme mariée, ou dans celle d'une vierge marchant vers l'autel du sacrifice.

Un peu des deux peut-être.

Un petit rire lui échappa à cette pensée, qui s'étrangla dans sa gorge quand, arrivée en haut du grand escalier, elle vit Lao qui l'attendait au pied des marches. Vêtu d'un de ses habituels costumes sombres sur mesure qui faisaient ressortir la largeur de ses épaules et épousaient les muscles de ses cuisses, il était impressionnant. Mais le plus remarquable était son regard intense gris acier. Troublée, elle vacilla et dut attraper la rampe pour se stabiliser.

Une fois son équilibre retrouvé, elle entama la descente avec l'impression de flotter, enveloppée dans le regard brûlant de Lao.

Lorsqu'elle arriva en bas, il lui prit enfin la main.

Il la tint un temps qui lui sembla durer une éternité.

— Il n'y a pas à dire, déclara-t-il alors de sa voix grave qui résonna au plus profond du corps de Chloe. Tu es la beauté incarnée.

Elle savait que son physique était attrayant, mais elle ne s'était jamais sentie particulièrement belle pour autant. Face à cette franche appréciation virile, une vague de chaleur déferla dans ses veines, et elle crut à ce compliment. Elle eut même la certitude qu'il était authentique, pas simplement le propos d'un homme courtois.

— Tu es très beau toi aussi, Lao, dit-elle avec douceur, avant de sourire en le voyant surpris de s'entendre retourner le compliment.

Chloe se demanda alors si sa stature, son aspect toujours si sévère et distant, ainsi que la puissance et l'autorité écrasante qui émanaient de lui le rendaient tellement inaccessible que les gens ne se souciaient pas de le complimenter.

Ou peut-être n'osaient-ils pas. Elle-même ne l'avait d'ailleurs jamais fait auparavant. Sa réflexion s'arrêta là car il porta sa main à ses lèvres.

Si ce bref contact ne l'avait pas autant troublée, elle aurait pu s'amuser de cette galanterie désuète. Pourtant, dans ce château si ancien dominant une île riche en histoire, elle le trouva approprié.

Lorsque Lao se redressa, il darda sur elle un regard brûlant qui lui enflamma les sens et lui emballa le pouls, avant de murmurer :

— Ce soir, *dusci mia*, sera notre nuit de noces.

5

Lao raccrocha son téléphone après une conversation dont il avait déjà oublié la teneur. Il avait été distrait toute la journée. Un fait inacceptable dans la mesure où, ainsi que le lui avait si souvent répété son père, une épouse présentait l'intérêt de permettre à un homme de se consacrer davantage à son travail.

« De nombreux hommes gâchent leur vie à poursuivre inlassablement les femmes », avait-il coutume de dire. « On ne peut bien sûr pas leur reprocher de profiter de leur vie de célibataire. En revanche, un homme avisé choisit son épouse assez tôt afin de pouvoir ensuite accorder toute son attention aux affaires importantes. »

En d'autres termes, à plus important que sa propre femme – envers qui il avait d'ailleurs grandement manqué de prévenance. Son père, Lao le savait, appliquait des principes d'un autre siècle. Il savait aussi qu'un homme dans sa position, qui était devenue la sienne, devait être sans cesse attentif et sur le qui-vive.

Un brin d'excentricité était toutefois autorisé, et même encouragé.

Le tout était de rester concentré afin de ne pas

commettre l'erreur qui détruirait la réputation des Monteleone et anéantirait le travail de ses ancêtres.

À ce moment, son majordome l'ayant averti que Chloe descendait, Lao alla accueillir la responsable de son manque d'attention.

Sa longue attente était sur le point de prendre fin.

Et il entendait profiter au maximum de sa soirée.

Pour cela, il avait prévu de délaisser la salle à manger traditionnelle en faveur d'un lieu plus intime doté d'une certaine magie. Cela laisserait à Chloe un souvenir mémorable.

Arrivé au pied des marches du grand escalier, Lao eut l'impression de voir une apparition divine tant elle était sublime. Et elle le regardait comme si l'admiration était réciproque. Son rêve se réalisait enfin !

Reprenant ses esprits, il l'escorta dans le jardin, le long d'un chemin pavé et éclairé à l'aide de lanternes posées au sol, jusqu'à ce qui restait du vieux mur d'enceinte du château.

— Ces tours étaient des postes d'observation où les soldats montaient la garde jour et nuit, dit-il en contournant celle située au bord de la falaise. De celle-ci, ils voyaient les ennemis arriver de très loin.

— Et ils les combattaient, j'imagine.

Lao sourit.

— La situation du *castello* Monteleone présente l'avantage de dissuader tout combat. Pendant des générations, grâce aux efforts de mes ancêtres, les routes d'accès sont restées infranchissables. Quant à eux, ils pouvaient se barricader à l'intérieur le temps nécessaire. De cette manière, tout ennemi désireux de les confronter mourait sur place avant d'y parvenir.

Cette interprétation de l'histoire familiale n'était pas rigoureusement exacte mais restait assez proche de la vérité.

Chloe sourit à son tour.

— Et moi qui croyais la Sicile célèbre pour ses querelles meurtrières entre familles !

— Les vendettas font partie de la vie de ce pays. Aucun Sicilien ne te dira le contraire. Mais elles s'éteignent si personne n'est offensé. Ma famille a toujours préféré viser une réussite à long terme.

Comme ils atteignaient le bout du chemin, Chloe se figea, la bouche entrouverte sur un « Oh » muet. Son expression admirative ravit Lao.

Même si la tour devant laquelle ils se trouvaient était comme les précédentes à moitié en ruine, elle avait été métamorphosée au cours de l'après-midi. Sur ses instructions, son personnel avait suspendu une multitude de petites lanternes à ce qui restait du toit afin de créer une oasis d'intimité pour un dîner en tête à tête sous les étoiles de cette chaude nuit d'été.

Lao n'était pas d'un naturel romantique. De toute sa vie, il n'avait jamais eu à faire preuve de sentimentalité.

La douce et rêveuse Chloe, en revanche, était romantique dans l'âme.

Ces préparatifs n'avaient donc pas été vains.

Lao lui prit la main pour entrer dans la tour et ils montèrent l'escalier en colimaçon aux marches de pierre usées par les pas des soldats. Lorsqu'ils furent arrivés au sommet, il la fit asseoir à la table ronde nappée de blanc dressée pour eux, puis prit place face à elle.

— C'est magique, murmura-t-elle.

Autour d'eux, en plus des lanternes suspendues au-dessus de leurs têtes, de petites bougies étaient disposées sur toutes les surfaces possibles. Leurs flammes vacillaient dans la brise nocturne. Des tapisseries anciennes tendues contre trois des murs en cachaient les trous. Le quatrième, réduit à ses premières pierres, leur offrait une vue imprenable sur la mer dans le lointain, scintillante sous la clarté des étoiles.

Le soupir de Chloe sembla une douce musique aux oreilles de Lao.

— Je suis heureux que ça te plaise.

Ceci dit, il inclina la tête en direction des serviteurs en faction dans l'ombre, leur indiquant ainsi qu'ils pouvaient commencer le service.

Alors seulement, Lao entreprit une démarche entièrement nouvelle pour lui.

La séduction.

Tandis qu'ils goûtaient aux entrées, un assortiment de délicieuses spécialités siciliennes concoctées par son chef, il joua avec la main de Chloe. Se penchant davantage, il écouta attentivement chacun de ses mots, lui posant question sur question, la poussant à réfléchir à ses réponses. Il trouva même quelques reparties qui la firent rire. Lorsque le plat principal arriva, elle semblait beaucoup plus naturelle avec lui que jamais auparavant. Plus enjouée aussi.

Lao n'avait quant à lui pas envisagé de se retrouver aussi détendu ni aussi gai qu'elle.

— Tu dois te sentir déconnecté du monde sur ta montagne, dit-elle avant de lever les yeux vers les étoiles puis de les ramener sur lui – soudain plus brillants. Ou peut-être aimes-tu cela ?

— Être en phase avec les autres n'a jamais été mon souci.

Réalisant que sa réplique était un peu sèche, il ajouta d'un ton plus doux :

— Sans vouloir être arrogant, ce sont plutôt les gens qui s'alignent sur mes décisions, qu'ils le sachent ou non.

Chloe éclata de rire.

— Toi, arrogant ? Quelle idée !

Elle se permettait de le taquiner ! Une audace inédite dont il aurait pu s'offusquer.

Lao n'avait jamais courtisé aucune femme. Il lui suffisait en général d'un regard appuyé pour que celle qui l'intéressait se mette à sa disposition, jusqu'à ce qu'il se lasse d'elle.

Mais pour Chloe, il était prêt à faire une entorse à ses règles habituelles. C'était la moindre des choses le soir de leur nuit de noces.

Il ne releva donc pas son impertinence. Au lieu de cela, il orienta la conversation sur la galerie d'art dans laquelle elle travaillait. Il ne lui demanda pas en quoi consistait exactement ce « travail » – cela pouvait attendre –, mais ce qui l'avait attirée dans cette branche.

Elle s'enfonça dans son fauteuil et sourit, l'air étrangement heureux. Non pas que Lao ait d'expérience personnelle en la matière pour en juger. Le bonheur était l'apanage des hommes plus faibles, moins impliqués dans les affaires du monde. Selon son père en tout cas.

Chloe lui raconta alors avec force détails les émotions que peintures, sculptures et autres médiums faisaient naître en elle. Il l'écouta, plus intéressé par sa gestuelle, en particulier sa façon de se pencher vers lui, du feu dans les yeux, pour souligner un point.

— Je ne me souviens pas t'avoir vue aussi enthousiaste depuis ton enfance. Tu aimes vraiment l'art, dirait-on.

— Tu as ici pas mal d'œuvres d'art.

Elle fit alors rouler entre ses doigts fins le pied de son verre à vin.

Comme des mèches échappées de son chignon encadraient son visage, Lao ne put résister à la tentation d'en enrouler une autour de son index. Il eut la satisfaction de voir le regard de Chloe s'illuminer, puis se troubler.

— Effectivement, ce château en regorge, répondit-il, étonné d'arriver à suivre la conversation quand ses pensées vagabondaient dans une sphère emplie de sensualité. Il est difficile de se souvenir de chacune.

Cela n'était pas entièrement vrai. Toutes avaient une histoire, et il la connaissait. Son père lui avait expliqué leur provenance, l'importance de cette collection familiale. Les œuvres contemporaines, en revanche, étaient sa contribution personnelle à ladite collection.

— Mais les aimes-tu ? Passes-tu devant ces toiles de grands maîtres avec indifférence, ou au contraire t'arrêtes-tu pour les regarder, transporté par leur beauté ?

Son ton enflammé poussa Lao à l'imaginer en proie

à une passion similaire dans son lit. Avant qu'il ait pu répondre, elle ajouta, les sourcils froncés :

— Ou bien es-tu simplement fier de les posséder ?

Il laissa filer la mèche enroulée autour de son doigt, la regarda se poser délicatement sur la joue de Chloe, puis étudia son expression. Sans pouvoir s'expliquer pourquoi, il ressentit alors une sorte de malaise.

— J'apprécie toutes les choses que je collectionne. Je ne prendrais pas la peine de les amasser sinon.

Les yeux de Chloe s'assombrirent. Lao y lut une question muette. La magie de la nuit l'empêchait peut-être de la poser, ou bien elle n'osait pas...

— L'art mérite plus qu'une simple appréciation. Il est censé nous faire vibrer. Quel est son intérêt, sinon ? À quoi bon se soucier de choses que l'on considère comme de simples investissements sans âme ?

— On parle toujours d'art, là ? J'ai comme un doute, soudain.

De toute évidence, le côté romantique du lieu la rendait téméraire. Or Lao savait exactement où menait cet irrépressible esprit frondeur, pour avoir vu sa mère essayer de s'épanouir et de donner de la substance à son rôle d'épouse Monteleone. En conséquence, sa première envie fut de réprimer sur-le-champ la tentative de Chloe.

D'un autre côté, il aimait cela.

Il aima même la voir lever une main avec dédain, comme si elle s'attendait à le voir contester ses propos. Ou peut-être le voulait-elle. Et, fait plus étrange, lui aussi avait envie de la contredire.

— Oui. Même si l'art est un simple investissement pour toi, j'imagine.

Se penchant alors vers lui avec, de nouveau, du feu dans les yeux, elle poursuivit :

— Dis-moi, Lao, qu'est-ce qui transporte ton âme, te fait vibrer ? Qu'est-ce qui te fait te sentir extraordinairement vivant ?

Sa ferveur ainsi que sa naïve assurance auraient dû le faire rire. Il aurait dû lui rétorquer que les transports émotifs lui étaient étrangers. Quant à son « âme », elle ne le troublait guère.

À sa grande surprise, il découvrit que cette joute oratoire avait un effet très excitant sur sa virilité.

— Et si tu m'apprenais à me sentir vivant ?

Les yeux sombres de Chloe scrutèrent les siens quelques secondes, comme pour chercher le piège. Puis un sourire naquit lentement sur sa bouche. Instantanément, le désir enfla en Lao.

— Je pourrais, peut-être.

— T'aurais-je déçue, jeune fille ? T'imaginais-tu qu'une discussion sur les mérites de l'art et des toiles de maître allait allumer un brasier entre nous ?

Visiblement décontenancée, elle se ressaisit aussitôt pour rétorquer :

— Tu m'as demandé pourquoi j'aimais travailler dans une galerie d'art, et je t'ai répondu.

Lao vit alors son visage se fermer, comme si toute vitalité s'en retirait, le privant de soleil. Comme s'il avait froissé ses sentiments. Mais les sentiments n'étaient pas de mise. Entre eux, il s'agissait de passer à la phase suivante de leur mariage afin de lui fournir des héritiers.

Bien sûr, il la désirait aussi. Lui qui n'avait jamais désiré quoi que ce soit.

En fait, il n'en avait jamais eu l'occasion.

Mais le mâle en lui, qui voulait avoir accès au corps parfait de son épouse, le posséder si totalement qu'il en oublierait jusqu'à son auguste patronyme, était tout à fait prêt à se montrer passionné avec elle aussi.

La passion était beaucoup plus acceptable que les sentiments.

Elle était même de rigueur pour une nuit de noces.

Le corps déjà en émoi, Lao se pencha par-dessus la table pour lâcher d'un ton nonchalant :

— Je préfère une toile très différente, Chloe.

Il vit ses yeux s'agrandir au fur et à mesure que ses mots prenaient tout leur sens dans son esprit.

Sans lui laisser le temps de répondre – attendre plus longtemps lui était impossible –, il lui saisit la main, la fit se lever, contourner la table puis s'asseoir sur ses genoux.

Dans la lancée, Lao prit possession de sa bouche avec une hâte irrépressible.

Le moment était venu de se régaler d'elle, comme il l'avait vue se régaler des délicieux plats de son chef. Elle avait d'ailleurs un goût enivrant sous celui capiteux du grand cru qu'ils venaient de boire. Un goût dont le souvenir l'avait troublé tout l'après-midi.

Son goût unique.

Et ce goût, murmura une petite voix en lui, *demeurera dans ta mémoire pour le restant de tes jours*.

Cette pensée était pure folie, or Lao était loin d'être fou. Même pas de cette jeune femme qui lui faisait désirer pour la première fois mille choses.

Décidé à les avoir toutes, le soir même, il l'embrassa avec fougue, lui prit la tête à deux mains pour mieux profiter de ce baiser. Une fois ôtées les pinces qui retenaient son chignon, les cheveux de Chloe retombèrent tel un voile autour de leurs deux visages. Lao enfouit alors les doigts dans leur masse soyeuse.

Il l'embrassa jusqu'à sentir, à sa manière de se presser davantage contre lui, que le désir de Chloe égalait le sien. Alors seulement il s'arracha à ses lèvres pour parcourir son cou de baisers. Arrivé à la naissance de son décolleté, il prit ses seins en coupe.

Au moment où il effleurait leurs pointes du bout des pouces, elle retint son souffle, se mordit la lèvre et renversa la tête en arrière.

La voir paupières closes, avec la lumière des bougies dansant sur son visage, exalta Lao.

La pure perfection de Chloe, son dos cambré pour mieux lui offrir sa poitrine et ses hanches pressées contre les siennes, déclenchèrent un désir brutal et foudroyant. En même temps, une étrange et tout aussi forte émotion déferla en lui.

Eût-elle été une de ses compagnes habituelles, il l'aurait soulevée, placée à califourchon sur ses genoux et pénétrée sans plus de façon.

Mais elle n'était pas une simple maîtresse. Elle était sa femme.

De plus, il était quasi certain que si Chloe possédait une quelconque expérience, celle-ci était très restreinte.

Alors que ses mains s'étaient immobilisées sur les seins de la jeune femme, elle murmura son prénom. Alors, il la saisit par la taille, la fit se lever devant lui et se mit sur pied à son tour.

Leurs regards se croisèrent. Il faillit perdre tout

contrôle lorsqu'il lut dans les yeux sombres à la douceur veloutée un désir équivalent au sien.

— Viens, parvint-il à dire dans un souffle avant de lui prendre la main.

Pour toute réponse, Chloe entrelaça leurs doigts.

Elle lui donnait son accord.

L'espace de quelques secondes, ils se regardèrent sans bouger, baignés par la lumière des bougies. Lao eut l'impression que le bruit des battements de son cœur résonnait dans la nuit, enflant régulièrement au rythme de l'excitation qui grandissait entre eux.

Soudain, incapable de supporter ce doux calvaire plus longtemps, il la souleva dans ses bras et la porta dans l'escalier en colimaçon jusqu'à l'ancienne salle de garde des soldats, à l'arrière de la tour.

— Et la magie continue, murmura Chloe à peine la porte refermée.

La petite pièce avait été aménagée pour l'occasion avec un luxe discret et un confort maximum. De doux tapis persans recouvraient les dalles. Le lit en fer adossé contre un des murs en pierres brutes possédait un matelas moelleux, des draps de fin coton égyptien. Le feu allumé dans sa cheminée afin de combattre la fraîcheur de l'air nocturne crépitait. Enfin, des lanternes posées çà et là diffusaient leur lumière chaude sur le tout.

— Elle ne fait que commencer, rétorqua-t-il en l'asseyant sur le lit.

Le moment était venu de lui montrer la face intime de la magie, mais il devait d'abord se débarrasser de la dernière barrière qui les séparait : leurs vêtements.

Lao enleva les siens en toute hâte, puis s'appliqua

à déshabiller Chloe avec plus de lenteur malgré son impatience à découvrir son corps, à la faire sienne. Il lui laissa toutefois son slip en dentelle.

Lorsqu'ils furent allongés, il remarqua ses joues empourprées, ses yeux plus ouverts qu'à l'habitude et sa respiration accélérée.

— Tu n'as jamais fait l'amour ?

Elle se mordit la lèvre, secoua la tête, visiblement angoissée, avant de lâcher dans un souffle :

— Je suis désolée.

Il s'appuya sur un coude, puis effleura le bout dressé d'un des seins de Chloe.

— Pourquoi es-tu désolée ?

— Parce que tu as eu quantité de maîtresses, qui plus est expérimentées, j'imagine. Je ne pourrai jamais être à la hauteur.

— Tu n'as pas à te soucier de cela. Rien d'autre ne compte désormais que toi, moi, et ce qui va se passer entre nous. Tu le comprends, *dusci mia* ?

— Oui, mais...

— Je veux te l'entendre dire, Chloe.

Comme elle baissait les yeux, il craignit qu'elle ne s'y refuse, mais sa réponse sortit, d'une voix ténue.

— Oui. Toi, moi, ce qui va se passer entre nous et rien d'autre.

— Bien. Maintenant, détends-toi et laisse-moi m'occuper de toi.

Joignant le geste à la parole, Lao se releva, lui écarta les jambes puis, s'agenouillant entre ses cuisses, prit la pointe dressée d'un de ses seins entre ses lèvres et la titilla de la langue. Un petit cri accompagné d'un tressaillement le récompensa. Les mains posées sur ses épaules pour la dissuader de bouger, il porta son attention sur son autre téton.

Elle se cambra tandis que de doux gémissements s'échappaient de ses lèvres. Une musique divine aux oreilles de Lao. Il délaissa alors sa poitrine pour lui parcourir le ventre de petits baisers. Arrivé à son nombril, il fit glisser ses mains autour de sa taille de guêpe, puis sur ses hanches à l'arrondi délicieusement féminin qu'il n'avait fait que deviner lors de leur séjour au Brésil.

De là, il descendit jusqu'à la lisière de son slip. Comme il l'embrassait à travers cette fine barrière, elle se tendit vers lui. Il la pressa contre le matelas pour l'immobiliser tandis que ses doigts s'insinuaient sous la dentelle pour la caresser.

Chloe sursauta, gémit et chercha à se dérober. Cela eut pour effet d'amplifier le désir de Lao qui, en un tour de main, fit glisser son slip le long de ses jambes, puis le lança au sol.

Alors, il glissa les mains sous ses fesses, lui fit incliner le bassin et, posant la bouche au cœur de son intimité, la goûta enfin. Sous ses attentions, Chloe se mit à trembler, à frissonner, et gémit de plus belle.

Émerveillé de la découvrir si réceptive, il la maintint aussi longtemps que possible au bord de l'extase. Lorsqu'il sentit qu'elle lui agrippait les cheveux et qu'il l'entendit murmurer son prénom comme une litanie allant crescendo, Lao suspendit ses attentions.

Chloe à peine apaisée, il recommença.

Après avoir attendu ce moment une éternité avec une impatience grandissante, sachant son rêve sur le point de se concrétiser, il prit son temps.

Soudain, elle fut agitée de tremblements, sa voix se fit rauque, ses cuisses se détendirent, puis elle le fit redresser la tête et le regarda. Il eut alors l'impression que ses yeux à la sombre couleur veloutée lisaient en lui, pénétraient son âme.

Lao se redressa enfin. S'allongeant sur elle, il se positionna au cœur de sa féminité et la pénétra en douceur. Sans plus attendre ou lui laisser le temps de se contracter, il s'enfonça un peu plus profond.

Les yeux de Chloe s'écarquillèrent, son souffle se suspendit. Lao s'immobilisa jusqu'à ce qu'elle pousse un long soupir, qui se propagea telle une onde sur toute la surface de son corps.

Et dans celui de Lao.

Elle se mit alors à onduler légèrement du bassin. Voyant dans son mouvement une tentative d'évaluer l'ampleur de son sexe en elle, il s'appuya sur ses bras tendus pour lui laisser le temps de s'habituer à son corps.

Au bout de quelques secondes, Chloe s'enhardit, souleva les hanches afin d'aller à la rencontre des siennes, puis les abaissa lentement.

Elle poursuivit son exploration. Lao lui laissa le contrôle de la situation, la regardant se concentrer sur sa recherche d'un plaisir qui, même s'il grimpait progressivement, ne lui procurait pas la jouissance totale. Son propre désir devenant de plus en plus difficile à maîtriser, ses bras se mirent à trembler.

Chloe le comprit et murmura de sa voix mélodieuse :

— Je t'en prie, Lao, maintenant.

Heureux de pouvoir enfin l'aider à atteindre le sommet, il reprit alors le contrôle.

Saisissant d'une main ses deux poignets, il les lui maintint avec fermeté au-dessus de la tête et entama un lent va-et-vient, avant d'en accélérer le rythme.

Lao savoura chaque instant, le corps enflammé, jusqu'à ce qu'elle atteigne l'extase.

Chloe hurla son prénom avant de s'abandonner, le corps agité de soubresauts.

Il put alors se laisser aller à son tour, satisfait d'avoir obtenu exactement ce qu'il voulait.

D'avoir brisé le sort qu'elle lui avait jeté.

Enfin.

6

Leur nuit de noces, arrivée avec cinq ans de retard, valait l'attente, songea Chloe, à l'issue de sa première expérience intime.

Une nuit… intense.

Ce fut le seul mot qui lui vint à l'esprit. Dans son état de béatitude, aucun autre n'était capable d'exprimer avec précision la puissance des sensations et des émotions qui venaient de déferler sur elle.

Elle avait enfin obtenu tout ce dont elle avait toujours rêvé, et beaucoup plus, de son distant ex-frère par alliance à l'apparence si austère. Tout ce qu'elle avait prétendu ne pas convoiter. Avec le recul, son envie – pour ne pas dire son besoin dévorant – de vivre cette intimité dans ses bras était pourtant évidente.

Lao lui avait fait découvrir un monde de sensualité qui, jusque-là, lui avait paru trop enchanté pour appartenir à la vie réelle. Il ne pouvait relever que du roman.

Chloe ne s'était jamais considérée comme vraiment mariée au cours de ces cinq dernières années, même si elle savait l'être officiellement. C'était peut-être la raison qui l'avait empêchée de tester trop vite les limites de leur union, qui se résumait à un arrangement dont le seul but était de la libérer des contraintes de la gestion de sa fortune et de ses affaires, ainsi que de lui permettre de retrouver la stabilité après les chocs émotifs dus au décès de Portia d'abord, puis de son père bien-aimé.

D'un autre côté, se savoir en quelque sorte dépendante de la protection de cet homme influent lui avait probablement offert la parfaite excuse pour ne pas être tentée de perdre sa virginité avec l'un des garçons peu inspirants qui gravitaient autour d'elle et ses amies.

Lao n'était pas un garçon.

Il était un homme, comme Chloe l'avait appris grâce à chacun de ses baisers, chacune de ses caresses. Il lui avait fait découvrir son corps et lui avait montré quels plaisirs jusque-là inconnus il pouvait lui procurer.

Leur procurer à tous les deux, ensemble.

Elle, qui s'était crue attirée par les jeunes hommes au torse glabre, s'était délectée de sentir la fine toison recouvrant celui de Lao sous ses doigts et ses lèvres, contre ses joues ; elle en avait même tiré une jouissance.

Elle avait aimé sa peau à la délicieuse teinte mordorée et...

Son corps entier, en fait.

Plus Chloe découvrait Lao intimement, plus elle voulait de ces plaisirs, souhaitait rester en marge du monde avec lui, perdue dans les sensations, attendant l'arrivée des suivantes qui allaient la propulser dans l'extase, en ce lieu où ils ne pouvaient être plus proches. Où ils ne faisaient plus qu'un ensemble.

Quel dommage de ne pas pouvoir faire un saut en

arrière dans le temps ! S'ils avaient vécu leur nuit de noces cinq ans plus tôt, ils auraient pu mettre à profit le temps écoulé depuis pour perfectionner cet art physique, si nouveau pour elle et dans lequel Lao excellait.

Elle aurait même aimé pouvoir revenir encore plus loin dans le temps pour assurer à la jeune adolescente éprise de son frère par alliance, toujours si distant et à l'air légèrement désapprobateur, que son rêve finirait par se réaliser.

De la manière la plus glorieuse possible.

Chloe n'avait pas préservé sa virginité par principe. Ni n'avait attendu consciemment Lao pour la lui offrir. Elle n'avait même pas imaginé que pareille chose pourrait arriver un jour. Mais il lui fut immédiatement évident qu'elle aurait regretté de la perdre avec un autre homme.

Il lui fit l'amour une deuxième fois et, lorsqu'elle ouvrit les yeux au petit matin, il était encore là, allongé près d'elle, à l'observer. La lueur franchement admirative dans ses yeux gris chassa sur-le-champ tout sentiment de honte qu'elle aurait pu éprouver pour s'être si totalement abandonnée à lui au cours de la nuit.

Au lieu de cela, elle eut l'impression d'être une déesse, magnifique et toute-puissante.

Enfin, presque.

Le regard de Lao se mit à briller. Chloe crut qu'il allait lui faire de nouveau l'amour. Elle l'espéra, même, et fut stupéfaite que son corps le lui réclame. Un léger sourire se dessina sur les lèvres de son mari. Il avait deviné ses pensées et l'appel de son corps ! Elle sentit ses joues s'empourprer, s'attendit à ce qu'il la prenne dans ses bras, mais il se leva, lui attrapa la main et l'aida à descendre du lit.

Il ramassa son slip en dentelle à terre, ignora son geste pour le lui prendre et le lui enfila comme si elle était sa poupée. Puis ce fut le tour de son soutien-gorge et de sa robe. Elle se laissa faire, subjuguée. Il lui présenta ensuite ses escarpins, lui tenant le coude pendant qu'elle glissait ses pieds à l'intérieur. Ce simple contact la fit frissonner tandis qu'une douce chaleur se diffusait dans ses veines.

Lao se rhabilla alors, ne semblant pas remarquer ou encore moins se soucier du fait que son pantalon et sa chemise soient froissés.

Pour la première fois, Chloe le vit autrement qu'impeccable. Mais même dans ses vêtements de la veille, avec ses cheveux légèrement ébouriffés et la fine repousse de barbe qui ombrait ses joues, il restait imposant.

En fait, sa virilité n'en était que plus frappante.

C'était donc cela, la réelle intimité. L'intimité du quotidien...

L'impression fut encore renforcée lorsqu'il lui prit la main – un geste si intime – pour sortir de la tour et remonter le chemin jusqu'au château. C'était une nouvelle version d'eux.

Eux, en couple.

Chloe savoura la chaleur de la paume de Lao, la force rassurante de ses doigts autour des siens, et elle lui fut infiniment reconnaissante de ce geste car elle se sentait soudain étrangement changée – et pas seulement sur le plan physique – sans savoir toutefois où cette nouvelle situation allait la mener. Une chose était cependant certaine : elle n'était plus la jeune femme qui était montée dans l'avion à Londres la veille.

Même l'environnement lui parut différent. Elle ne sut dire si sa propre transformation suffisait à faire pétiller le monde, ou bien si sa perception enchantée était due à la seule beauté du paysage sicilien sous le soleil matinal, et des jardins parfaitement entretenus du domaine des Monteleone qu'elle traversait main dans la main avec l'homme dont elle n'avait jamais osé rêver ouvertement.

Une fois qu'ils furent arrivés dans le château, Lao la conduisit directement dans l'immense salle de bains située entre leurs deux chambres. Depuis le moment où elle s'était réveillée, aucun mot n'avait été échangé entre eux.

Elle aurait voulu parler avec lui des sentiments que lui inspirait leur nuit, mais face à l'intensité de son regard, elle n'osa pas. Il ne lui en laissa d'ailleurs pas le loisir car, sans attendre, il la déshabilla, puis ôta ses propres vêtements. Il l'invita ensuite à enjamber le rebord de la grande baignoire de cuivre, et elle s'installa face à une baie vitrée qui donnait sur les terrasses cultivées en contrebas. Là, il la lava doucement avec un savon à la divine odeur de mandarine, puis la porta jusqu'à la vaste douche à l'italienne où il la plaqua contre la paroi carrelée. Les lèvres posées à la naissance de sa nuque, il la prit à nouveau, lui arrachant des cris de plaisir.

Quelques minutes plus tard, Chloe s'endormait dans le lit de Lao, entre ses bras. À son réveil, elle le trouva déjà habillé.

— Où vas-tu ?

— Les obligations professionnelles n'attendent pas, même pour un Monteleone, répondit-il de son ton sérieux d'homme d'affaires.

Chloe se redressa sur un coude puis repoussa la masse de ses cheveux par-dessus son épaule. Le geste n'avait pas eu d'intention provocatrice, mais il attira le regard de son mari sur sa poitrine à présent partiellement découverte. Une lueur éclaira aussitôt le gris acier de ses yeux. Il resta cependant à distance.

— Tu trouveras sûrement de quoi t'occuper en mon absence, reprit-il. Rien toutefois d'aussi excitant qu'une conférence de presse ou une exposition artistique.

Déconcertée, elle fronça les sourcils. Le temps pour elle de réaliser à quel point cette réflexion était dédaigneuse, Lao avait déjà atteint la porte. Elle se laissa donc retomber contre les oreillers et, épuisée après cette nuit de plaisir, se rendormit.

En fin d'après-midi, Chloe s'installa avec un livre au bord d'une des piscines aménagées sur les terrasses paysagées qui descendaient jusqu'au bas de la propriété. C'était un des derniers romans publiés par la maison d'édition Waterstones, où elle avait travaillé par le passé. Sa couverture aux couleurs vives l'avait attirée. En cet instant, elle remarqua le contraste avec celles des livres – tous reliés de cuir sombre – qui s'alignaient sur les étagères de Lao. Un sourire lui effleura les lèvres, et son livre resta ouvert à la première page tandis qu'elle se remémorait leur nuit.

Une ombre projetée sur son visage la ramena à la réalité. Elle ouvrit les yeux. Les deux jeunes femmes qui lui avaient prodigué leurs soins la veille se tenaient devant sa chaise longue dans leurs uniformes blancs, l'air toujours aussi avenant.

— Pourriez-vous nous suivre ? lui demanda l'une d'elles. Le maître désire dîner tôt ce soir.

Sous-entendu, elles devaient la préparer pour le « maître » dans les plus courts délais. Chloe trouva plutôt amusant d'être l'objet d'une séance de maquillage et d'habillage qui, en plus d'être particulièrement agréable, semblait les réjouir à l'avance. Elle referma donc son livre et les suivit dans sa chambre. Là, les deux employées s'activèrent quelques instants dans le dressing-room tout en bavardant gaiement en sicilien. Elles lui firent enfin enfiler une longue robe ample faite d'un tissu léger et fluide qui voletait avec grâce autour de son corps à chaque mouvement. Dans cette tenue, elle se sentit dans la peau d'une princesse. Impression renforcée lorsqu'elles lui posèrent sur les cheveux un diadème étincelant de mille feux.

Un peu plus tard, tout en traversant le château avec un peu trop d'impatience, Chloe se rappela qu'elle avait librement choisi d'accepter de se lancer dans cette aventure, prenait plaisir à l'expérience et pouvait y mettre un terme quand cela lui conviendrait.

Le coup d'œil appréciateur de Lao à son entrée dans la salle à manger l'emplit de joie.

Dans la seconde, il congédia son personnel puis l'honora à même la table.

Une mise en bouche encore plus délicieuse que le dîner qui suivit.

Plus douce même que la *sfincia* qu'ils dégustèrent par la suite, blottis l'un contre l'autre dans un grand fauteuil face à la cheminée dans la chambre de Lao.

La journée du lendemain se déroula selon le même modèle. Chloe se prélassa au lit le matin, déjeuna seule sur la terrasse puis, après une sieste, profita de l'une des piscines. Rêvasser au soleil, se préparer pour la soirée et enfin retrouver son mari pour une nuit de plaisir partagé était sans nul doute le plus merveilleux des programmes.

Puis lundi arriva.

Elle se réveilla si tôt que Lao, qui semblait pourtant ne jamais se reposer plus de quelques heures, dormait encore à côté d'elle. Ses traits étaient paisibles, sa peau dorée ressortait sur l'oreiller à la blancheur immaculée. Ses cils lui parurent plus longs et plus fournis que lorsqu'ils ourlaient son regard brûlant de désir.

Pourquoi cette vision lui serra-t-elle le cœur ? Elle ne le comprit pas.

Il n'y avait aucune raison à cela.

Après s'être glissée hors du lit, Chloe marcha à pas feutrés jusqu'à la fenêtre ouvrant sur le balcon. De là, la vue s'étendait sur les jardins, les champs et la mer au loin scintillant sous le soleil levant. Le paysage semblait entrer dans le château, lui insuffler brillance, clarté et chaleur. L'évidence la frappa : les deux étaient en communion, ils ne faisaient qu'un sous la voûte du ciel.

À cette pensée, une étrange douleur l'étreignit, accompagnée d'un sentiment de perte imminente.

Elle serra les bras contre sa poitrine comme pour s'en protéger.

— Qu'est-ce qui te trouble, Chloe ?

La voix de Lao lui parvint depuis le lit. Son timbre grave résonna jusque dans son intimité.

Se tournant, elle lui sourit. Dieu qu'il était beau ! Les rayons obliques du soleil matinal jouaient sur son torse bronzé recouvert d'une fine toison sombre, un contraste d'ombre et de lumière fascinant. Une pensée lui traversa l'esprit : il était son rêve réalisé contre toute attente. Le but de sa vie.

Chloe ne sut pourquoi, après avoir passé deux jours à se délecter de chaque centimètre de son corps, elle en voulait encore plus.

Elle eut portant l'impression qu'elle n'en aurait jamais assez.

— Je suis désolée que ce séjour doive prendre fin.

C'était l'aveu d'un sentiment qu'elle n'avait pas eu l'intention de partager, dans la mesure où ouvrir son cœur à son partenaire de deux nuits était stupide, même s'il s'agissait de Lao.

Surtout parce qu'il s'agissait de Lao.

Ce pour une raison très simple. Même si, après ces délectables moments d'intimité, il la regardait encore avec du feu dans les yeux, elle était en proie à trop d'émotions pour agir de manière sensée.

Or une intuition féminine lui soufflait que certaines choses gagnaient à être tues.

Il haussa les sourcils.

Cette manifestation de suffisance silencieuse n'échappa pas à Chloe, sans toutefois la choquer. Elle était naturelle chez Lao, pas destinée à la blesser, simplement à exprimer son incrédulité.

— Comment ça, « prendre fin » ? Je pensais avoir été clair. Je n'ai aucune intention de divorcer.

— Soit, mais nous sommes lundi, je dois retourner travailler.

Lao se releva sur un coude. Un léger sourire étira les commissures de ses lèvres, comme s'il trouvait ce concept divertissant. Le voyant alors secouer la tête, Chloe révisa son jugement. Il jugeait ce concept stupéfiant.

— Tu n'as pas à travailler. Tu es une Monteleone, de nom et désormais *de facto*. Le seul travail que j'attends de toi aura lieu ici. Dans ce lit.

Chloe ressentit une espèce de fracas intérieur et voulut argumenter. Mais, d'un doigt, Lao lui fit signe d'approcher.

Plus qu'une invitation, c'était une injonction à le rejoindre, aussi efficace que s'il l'avait prise au lasso et attirée à lui. Comme un automate, sans que sa volonté entre en jeu, elle traversa la chambre. Dès qu'elle fut arrivée sur le côté du lit, il passa un bras autour de sa taille et la fit rouler sur lui.

Et la journée commença sous le signe du plaisir.

En fin de matinée, Chloe envoya un texto à la gérante de la galerie pour l'informer de son intention de prendre un congé d'une durée encore indéterminée.

Aucun problème, ma chérie. Prends le temps qui te convient.

Cette réponse de Moriah à l'indifférence dédaigneuse arrivée par retour la laissa… presque apathique.

Ce message contenait-il une vérité qu'elle préférait ne pas voir ?

« Tu comptes, ma petite fille », lui avait dit un jour son père d'une voix solennelle. À l'époque, elle était très jeune et tâchait d'assimiler le fait que sa mère avait troqué son rôle parental contre une petite fortune assortie d'une maison à l'étranger. « Le monde est meilleur avec ta présence. Cela reste vrai quoi que ta mère ait choisi de faire. Peu importe ce que les gens te disent ou veulent te faire croire, tu es importante, Chloe, ne l'oublie jamais. »

Elle ne l'avait jamais oublié, s'y était même accrochée comme certains enfants s'accrochent à leur doudou préféré. Plus tard, en début d'adolescence, ces propos réconfortants s'étant estompés dans sa mémoire, elle s'était retrouvée par un froid matin de décembre en train d'évacuer sa colère dans le jardin, distribuant les coups de pied rageurs au hasard de ses pas.

« Le temps est un peu déprimant, ce matin », avait déclaré Portia en s'approchant. « Je dirais même capable de faire broyer du noir. »

Lorsque son père s'était remarié, Chloe ne se souciait déjà plus de sa mère, dont elle n'avait plus entendu parler. Pourtant, par principe, elle avait jugé décent de manifester une franche désapprobation envers sa belle-mère.

Ce petit jeu n'avait guère duré car Portia avait le don de séduire tous ceux qu'elle rencontrait grâce à son irrépressible bonne humeur.

« Toutes mes copines à l'école ont un plan de vie ! » s'était exclamée Chloe ce matin-là. « Elles ont déjà prévu de faire de brillantes carrières, elles savent où elles veulent habiter, si elles veulent se marier et avoir des enfants ou un chien. Bref, elles savent qui elles veulent être, alors que moi, j'ai déjà du mal à être juste une ado de treize ans ! »

« Tu as seulement besoin d'être toi-même », avait répondu Portia avec son calme habituel, comme si par cette déclaration les planètes allaient s'aligner pour satisfaire les désirs de sa belle-fille.

À cette époque déjà, Chloe croyait en son pouvoir de les influencer, ce qui ne l'avait pas empêchée de répliquer :

« Mais je n'ai aucune idée de qui je suis ! »

Portia ne s'était pas précipitée pour lui apporter une solution, mais avait réfléchi quelques instants à son problème avec autant de sérieux que s'il avait été le sien. C'était une des raisons pour lesquelles Chloe l'aimait tant. Elle l'avait toujours écoutée.

« Je ne vois pas pourquoi tu devrais le savoir », avait fini par répondre Portia. « La vie me semble être le processus qui amène à le découvrir, grâce à ses expériences, ses joies, ses peines et ses rencontres. Tout ce dont tu as besoin, c'est de l'aborder avec un esprit ouvert, d'explorer les possibilités et de faire ce qui te réussit. Laisse leurs certitudes à tes copines, elles en reviendront peut-être, ou pas. Toi, suis ta propre voie à ton rythme. »

En cet instant, bien des années après cette discussion, et sur la terre sicilienne où Portia avait vécu, Chloe se demanda si elle n'avait pas attendu toute sa vie de trouver cette voie. Car, force était de le reconnaître, elle ne s'était guère illustrée dans ses autres tentatives. Aimer la peinture et lire ne suffisait pas pour devenir une bonne galeriste ou éditrice. Quant aux organisations caritatives, rien ne l'empêchait d'y participer plus tard puisque, à présent, elle avait trouvé sa voie.

Car, une chose était certaine, elle se sentait excellente dans cette nouvelle version d'épouse de Lao.

J'étais décidément née pour cette vie, songea pour la énième fois Chloe quelques semaines plus tard, non sans une certaine suffisance. Elle était stupéfaite de n'avoir pas vu le temps passer.

La faute en revenait à Lao qui ne se lassait pas d'elle et l'honorait chaque nuit depuis son arrivée au *castello*. Ce maestro lui enseignait l'art de l'amour physique, pour leur totale satisfaction réciproque.

Rien n'était tabou.

Ils vénéraient leurs corps, ces sources infinies de passion, les exploraient à la recherche de plaisirs toujours plus intenses.

Résultat, Chloe passait ses journées à récupérer dans une douce oisiveté au bord d'une piscine ou à se promener dans les jardins.

Un soir où ils avaient réussi à museler leur désir tout au long du dîner et dégustaient un expresso accompagné de petits gâteaux, douillettement installés dans le salon préféré de Lao, en regardant les étoiles qui brillaient dans le ciel estival, elle s'amusa à le taquiner :

— Ce mois ensemble compte pour une lune de miel, j'imagine. Pour moi du moins, car tu sembles ne pas pouvoir te passer de ton travail.

— Les empires ne se gèrent pas tout seuls, *dusci mia*.

Ce terme affectueux adoucit la sécheresse de sa réponse. Lao avait beaucoup changé depuis que leur relation avait pris un tour intime, depuis qu'elle partageait sa vie. Il conservait son apparence austère hors de leur chambre – quoiqu'avec une certaine décontraction comme en cet instant –, mais Chloe la voyait d'un œil différent. Cette austérité, qui autrefois l'intimidait, lui était désormais chère. Elle dissimulait à la vue des autres les trésors de passion que recelait cet homme inaccessible. C'était à elle qu'il les réservait chaque nuit dans leur lit.

Cette simple évocation lui donna envie de se jeter dans ses bras. Elle se félicita d'avoir la force d'y résister.

— Je suis curieuse de savoir en quoi consiste ton empire. En fait, il y a quelques années, j'ai lu un article sur la famille Monteleone. Je pensais en apprendre plus sur toi ou sur votre histoire, mais vous m'avez paru encore plus mystérieux après.

— Je ne fournis aucune réelle information à la presse, je te l'ai déjà dit, aussi ne crois jamais ce que tu liras à mon sujet.

— À vrai dire, j'étais surprise de trouver un article. Je te croyais opposé à la publicité sous toutes ses formes, selon la politique familiale des Monteleone.

Lao but une gorgée de café, l'air pensif, le regard perdu sur le paysage à travers la fenêtre.

— En effet. J'ai appris très jeune à redouter toute attention, et surtout celle à laquelle aspirent de nombreuses personnes de nos jours. D'un autre côté, en restant à l'écart des médias, nous prenons le risque de créer une aura de mystère autour de nous, que tout le monde trouve irrésistible. Cela nous a joué de mauvais tours par le passé.

Chloe se retint de lui demander des précisions sur ces fameux tours, car elle se doutait qu'il ne répondrait pas. Il mettrait peut-être même un terme à ses confidences, or elle ne voulait pas qu'il s'arrête.

— J'ai toujours fait en sorte de donner à ceux qui souhaitaient découvrir le mystère de la famille

Monteleone l'impression d'avoir réussi. D'où ces articles censés nous exposer, moi et notre histoire, qui sont en fait une habile manipulation. Dans les cercles que je fréquente, moins on en dit, mieux c'est. La vulnérabilité y est vue comme une arme à utiliser contre quiconque est assez imprudent pour la laisser transparaître.

Après avoir regardé son expresso avec les sourcils froncés, se demandant si c'était lui qui faisait battre son cœur si fort, Chloe déclara :

— À t'entendre, se cacher en feignant de s'exposer au monde est comme un jeu.

— En quelque sorte. Pour être exact, je ne cherche pas à être invisible, mais j'évite les événements sociaux susceptibles de faire la une des journaux. Nous vivons à une époque où les gens n'ont l'impression d'exister que s'ils sont régulièrement visibles sur les réseaux sociaux ou dans des publications. Les Monteleone existaient déjà bien avant ces médias et perdureront sans eux. Si je possède un empire, mon devoir est d'être conscient de sa valeur, de le faire prospérer et de m'assurer qu'il passe à mes descendants.

Sans trop savoir pourquoi, Chloe se sentit visée par ce discours même s'il ne lui était pas directement destiné.

— Internet est devenu l'équivalent d'une grand-place de village. Il permet aux gens de communiquer, que tu le veuilles ou non.

— D'accord, mais nous ne sommes pas attablés à un café sur la grand-place, n'est-ce pas ? Nous sommes au sommet d'une montagne, dans un vieux château, sur une île encore plus ancienne que lui.

Mes ancêtres ont abandonné les places de villages depuis des générations. Je ne communique pas de la même manière que les autres. J'autorise les gens à me trouver, ou pas.

Loin de l'horrifier – comme cela aurait dû être le cas –, l'arrogance de Lao attirait Chloe. Bien malgré elle. Plus il se montrait présomptueux, plus elle avait envie de lui. C'était désespérant.

Elle n'était peut-être pas très normale...

Ou alors, son intense et constant désir était responsable de cette curieuse réaction.

Quoi qu'il en soit, Lao n'ayant nul besoin de le savoir, elle fronça les sourcils pour rétorquer :

— On peut te trouver sur Internet comme tout un chacun. Tu n'es pas un fantôme, même si tu aimerais en être un.

— C'est vrai, mais je contrôle ma visibilité, ce qui est dit sur moi et par qui. Cela me serait impossible si j'alimentais la presse à scandale.

Il la regarda une seconde en silence, l'air curieux, avant de demander :

— Puis-je savoir pourquoi ce sujet t'intéresse ?

Chloe chercha une réponse noble ou astucieuse. En vain. À la place, des mots s'échappèrent de sa bouche, si vite qu'elle ne put les retenir.

— Parce que je ne veux pas devenir un fantôme, ni avoir des enfants qui vivent cachés.

La fin de sa phrase lui rappela son secret. Sa méthode de contraception. Lao n'avait d'ailleurs pas évoqué le sujet. Il avait fait des déclarations, puis l'avait emmenée dans son lit avec la ferme intention de réaliser ses propres souhaits comme bon lui semblait.

Qu'elle ait explicitement accepté ou pas.

Malgré l'attitude cavalière de son mari, Chloe savait sans avoir à le lui demander qu'il prendrait très mal le fait de n'avoir pas été mis au courant. Elle savait également que ne rien lui dire revenait à le tromper, surtout après avoir parlé d'enfants. Elle choisit cependant d'ignorer ce petit accès d'inquiétude de sa conscience, comme elle avait ignoré les précédents.

— Tu sais, dit alors Lao en se levant et en l'attirant dans ses bras, la vie de fantôme a de nombreux avantages. L'état d'invisibilité permet toutes les folies. Laisse-moi te le montrer.

Ce qu'il fit. Ce soir-là, il la plaqua contre le mur de pierre du salon, souleva sa jupe et la maintint ainsi à moitié dénudée, la fixant avec des yeux brûlants de désir pendant qu'il déboutonnait son pantalon. Ceci fait, il lui souleva une jambe pour la passer autour de sa taille, puis la pénétra d'un formidable coup de reins, avec une brutalité si bien mesurée qu'elle en était extrêmement érotique.

C'était magique.

Comme toujours, elle était prête à le recevoir. Et, comme elle en avait pris récemment l'habitude, elle lui mordilla le cou en jouissant. C'était sa manière de conserver le goût de sa peau dans sa bouche.

Quelques jours plus tard, alors qu'ils se promenaient après dîner dans les jardins pour profiter de la brise nocturne et de la lumière persistante des soirs d'été, Chloe s'arrêta devant un massif de rosiers aux couleurs vives. Il lui rappela aussitôt ceux dont Portia s'occupait avec amour dans la propriété de son père en Angleterre.

— Ces roses me font penser à ta mère. Elle a dû aimer jardiner ici où le climat est si clément.

Lao se contentant comme souvent de fixer le bas de la montagne, le démon intérieur qui s'obstinait à la tracasser s'éveilla en elle, la poussant à insister.

— Si une personne n'a jamais rien eu de fantomatique, c'est bien Portia.

Lao lui lança un regard noir. Elle le soutint, pourtant bien consciente de l'avertissement.

— Tu tiens vraiment à revenir sur ce sujet, n'est-ce pas ? Je pensais pourtant t'avoir appris de nombreuses manières de hanter ce château, de merveilleuses, de surcroît.

Loin d'inciter Chloe à la prudence, ce ton badin eut l'effet contraire. L'occasion ne se présentait pas tous les jours de tirer au clair les points qui la dérangeaient.

— Selon tes propos, mon rôle est d'être un fantôme. Or ta mère est la seule épouse Monteleone que j'aie connue.

Un petit rire lui échappa en pensant à sa belle-mère si vive et sociable, que ce soit avec le personnel ou dans les événements mondains et les nombreuses associations caritatives qu'elle soutenait.

— Je doute qu'elle ait passé ses journées sagement assise dans son coin, sans le moindre but, à attendre le bon vouloir de ton père.

Lao s'arrêta net.

— Tu n'as pas connu ma mère en tant qu'épouse Monteleone, mais en tant que *veuve* Monteleone, déclara-t-il, le visage soudain sombre. C'étaient deux personnes différentes. Mon père avait des idées très démodées sur le rôle d'épouse. Elle devait superviser les différents tuteurs sélectionnés pour me donner l'éducation qu'il souhaitait, ici, avant mon entrée au pensionnat. Elle devait aussi gérer la maison et le personnel, être disponible pour lui à sa demande, silencieuse à moins qu'il ne lui parle, et se montrer charmante avec ses invités.

Il marqua une pause, lèvres serrées. Une veine battait fort sur son cou, trahissant son agitation intérieure. Chloe attendit qu'il poursuive, le cœur battant.

— Tu possèdes déjà un degré de liberté bien supérieur à celui que ma mère a jamais eu.

Elle ne put dissimuler son indignation. Ces propos étaient aussi blessants pour elle-même que pour Portia.

— Ce que tu dis est horrible. Je ne peux pas imaginer ta mère coupée du monde de la sorte. Elle était si dynamique, si chaleureuse et pleine de vie ! Pourquoi avoir voulu la reléguer dans l'obscurité ?

— Pour ces raisons exactement. Parce que les Monteleone n'attirent jamais l'attention sur eux.

Lao se tourna alors vers le château derrière eux.

— Le *castello* était dans un état de ruine avancé à l'époque. Nous habitions le manoir, plus bas sur la montagne.

— Je ne l'ai jamais vu.

Mais elle savait, intuitivement, que Lao le cherchait quand son regard se fixait sur le bas de la propriété. C'était un des secrets qu'il gardait verrouillé en lui, elle en était certaine.

— Parce que je l'ai fait raser, dit-il, confirmant une autre de ses intuitions. Ma mère venait ici lorsqu'elle souhaitait être seule. Se ressourcer. Après la mort de mon père, j'ai décidé de lui redonner sa place d'antan, celle de siège de notre famille.

Son port rigide, ses mots choisis avec soin, et son visage sombre en disaient plus long encore. Cela serra le cœur de Chloe, qui murmura :

— Lao, qu'a fait ton père à ta mère ?

Lorsqu'il ramena les yeux vers elle, les ténèbres en eux avaient disparu. Elle n'y vit plus que le désir. Le même qui les dévorait tous les deux.

— Lao..., tenta-t-elle de nouveau.

— Assez parlé, grommela-t-il.

Et il l'attira dans ses bras pour l'embrasser.

Chloe aurait dû résister, insister pour savoir, mais ce baiser était trop merveilleux. Et son mari la connaissait trop bien, il savait comment enflammer tout son corps en feu, la mettre à la merci de ses sens. Ce qu'il fit en la prenant à même le gazon qui bordait le massif de rosiers.

Plusieurs jours passèrent au cours desquels elle essaya en vain de reprendre la discussion sur le manoir rasé et la relation entre les parents de Lao. Force lui fut de se rendre à l'évidence, il avait une tactique bien rodée : changer aussitôt de sujet, et toujours de la même manière. Comme s'il désirait de sa part un comportement identique à celui que son père avait exigé de son épouse.

Oui, Lao attendait d'elle une totale disponibilité physique, et l'obéissance. Mais au lieu d'un seul enfant, il en souhaitait quatre.

Pourquoi cette différence ?

Une réponse lui vint aussitôt à l'esprit. Être à la tête

d'une petite famille occuperait sa femme à temps complet. Une fois formulée, cette idée ne la quitta plus.

Chloe se félicita alors de ne lui avoir rien dit de sa contraception.

Le mois d'août venait de commencer lorsque Lao partit un matin tôt à l'aéroport, pour un rendez-vous d'affaires à l'étranger, la laissant seule pour la première fois depuis son arrivée en Sicile fin mai.

L'idée lui vint de mettre à profit son départ pour se renseigner sur lui auprès du personnel et agir en maîtresse du château. Mais c'était absurde. Chaque employé, de mille petites façons discrètes, lui avait fait comprendre au cours des mois précédents sa totale loyauté envers le maître de céans.

Sans Lao, n'ayant personne à qui rendre compte de son emploi du temps, Chloe délaissa sa piscine préférée pour explorer les parties les plus éloignées des jardins. Elle ne mit pas longtemps à trouver un chemin recouvert d'herbes folles, mais encore discernable, qui descendait vers l'endroit exact où se portait sans arrêt le regard de son mari.

De loin, elle vit sa trace s'arrêter à la lisière d'un large espace plat à mi-pente où, à travers la végétation, on distinguait encore l'empreinte de la maison qui s'y trouvait autrefois.

Malgré la chaleur ambiante, Chloe frissonna. Elle essaya d'imaginer des pièces là où poussait désormais un enchevêtrement d'épineux et de lianes, et la façon dont Lao avait pu grandir dans ce manoir, entre un père et une mère dont les rapports pouvaient être qualifiés, au mieux, de distants et froids.

Elle passa là un long moment, comme si l'air marin, le soleil éclatant ou même les oiseaux pouvaient l'aider à découvrir les secrets de Lao Monteleone. Comme si la souffrance qu'elle éprouvait à sa place pouvait les sauver tous deux des fantômes qui peuplaient cette propriété et en qui elle commençait à voir des monstres.

Le lendemain en fin d'après-midi, elle ne put s'en tenir à sa résolution d'attendre qu'il la convoque, et elle se précipita dans l'escalier pour l'accueillir dès qu'elle entendit sa voiture s'arrêter devant l'entrée.

— J'aime cet empressement, dit-il en la serrant dans ses bras.

Après l'avoir embrassée, il l'entraîna à sa suite jusque dans leur chambre, la poussa sur le lit, puis s'appliqua à rattraper leur nuit perdue.

À sa manière, Lao s'assurait qu'elle ne l'avait pas oublié. Cela réchauffa le cœur de Chloe.

Il ne lui dit ni où il s'était rendu, ni quel genre d'affaires il avait traitées. Elle ne le lui demanda pas, sans savoir si c'était pour respecter ses consignes tacites intimant le silence à une épouse Monteleone ou par manque de témérité.

Plus tard, Lao leur fit monter un dîner. Ils s'assirent alors sur la terrasse, enveloppés dans de moelleux peignoirs. L'air était doux, le subtil parfum des roses montait du jardin et une légère brise leur balayait le visage. Chloe rassembla alors son courage pour déclarer :

— J'ai trouvé l'emplacement de la maison de ton enfance.

Lao garda le regard fixé au loin. Elle se sentit pourtant frissonner, le ciel sembla s'obscurcir, et l'écho d'un coup de tonnerre résonna dans le silence.

Quand il tourna la tête, rien dans son visage n'exprimait la désapprobation. Du feu brillait dans ses yeux.

Consciente de le pousser dans ses retranchements, elle insista :

— Ça a dû être un endroit agréable à habiter, entre le château, la mer et les plages.

Sans un mot, il lui saisit la main, l'attira à lui, la plaça à califourchon sur ses genoux puis la prit avec force, comme pour la punir.

L'espace d'une seconde, Chloe retint son souffle, mais déjà Lao saisissait un téton entre ses dents. Les sensations fusèrent pour atteindre des sommets. Elle gémit, se cambra, lui offrit son autre sein mais, le délaissant, il glissa une main entre eux et lui titilla le clitoris jusqu'à ce qu'elle laisse exploser son plaisir en criant.

Après avoir à son tour succombé à l'extase, il la souleva dans ses bras pour la porter dans la grande baignoire. Là, allongé derrière elle dans l'eau tiède, il lui embrassa le cou.

La tactique de Lao se répéta chaque fois qu'elle essaya d'aborder à nouveau le sujet du manoir.

Chloe comprit alors qu'elle n'y arriverait pas. Son mari la désirait, certes, mais il n'attendait d'elle qu'une conversation légère, ou le silence.

Cet homme qui avait été la force déterminante de sa vie, depuis aussi longtemps qu'elle s'en souvienne, dont la présence dans ses pensées avait été si aveuglante qu'elle lui avait dissimulé l'ampleur de son amour pour lui, cet homme ne l'aimait pas.

D'elle, il ne voulait que du sexe, et un héritier, ou plus exactement quatre.

Mais ce n'était pas tout ce que voulait Chloe. Si leurs nuits torrides la comblaient et lui ôtaient sur le moment toute capacité de réfléchir, depuis quelque temps, lors de ses journées solitaires, le doute surgissait, accompagné d'une angoisse presque palpable.

Elle n'était pas certaine de supporter cette relation sur le long terme. Le bonheur qu'elle avait cru atteindre au fil des jours dans cette bulle dorée était en fait factice si le seul homme qu'elle ait jamais aimé, celui dont elle avait rêvé toute sa vie, refusait de la voir autrement qu'en partenaire sexuelle et génitrice.

Chloe voulait vivre avec Lao, mais pas si cela impliquait de le faire selon ses termes et en devenant invisible.

7

Un soir, saisi d'une envie subite de prendre un apéritif en compagnie de Chloe, Lao se présenta dans sa chambre. Il la trouva vêtue simplement d'un soutien-gorge en dentelle et d'un slip brésilien assorti. Elle était ravissante.

La tentation faite femme.

En un éclair, son corps s'enflamma.

Après avoir congédié ses deux assistantes, il s'agenouilla devant elle, lui ôta sa petite culotte et souleva une de ses jambes, qu'il passa par-dessus son épaule. Puis il lui offrit un plaisir intime.

La sentir s'y abandonner le combla.

Il s'apprêtait à prendre le sien quand son empressement à ne faire qu'un avec elle le troubla. Histoire de se prouver qu'elle ne lui avait pas jeté un sort, il y renonça.

Cela pouvait attendre, s'assura-t-il.

Il pouvait attendre.

Il était cependant satisfaisant de constater le résultat de son action sur les joues délicieusement rosies de Chloe, et dans son regard brillant.

Elle aussi attendrait la suite.

Un peu plus tard, pendant le dîner, elle déclara :

— J'ai fait quelques recherches sur les différentes variétés de roses.

— Ah bon ?

— Oui, d'abord dans ta bibliothèque, puis sur Internet.

Elle marqua une pause, se racla la gorge et se dandina sur son fauteuil. Cette attitude ne trompa pas Lao. Son trouble était annonciateur d'une discussion sérieuse. D'ailleurs, elle poursuivit :

— Je n'ai trouvé nulle part la variété qui pousse ici.

Lao réprima un soupir et se renfonça dans son siège.

— Tu sembles déterminée à chercher du mystère partout ici. Je serais tenté de trouver cela insultant. Toutes les roses ne portent pas un nom. Certaines poussent naturellement, sans intervention humaine.

Un éclair fugitif brilla dans les yeux de Chloe, mais elle ne fit aucun commentaire. Elle ne s'opposait jamais à lui.

Il ne lui avait pourtant jamais demandé de réprimer ses humeurs d'une manière aussi explicite qu'il se souvenait avoir entendu son père le faire avec Portia, autrefois.

« Même ton silence doit être gracieux », avait tempêté un jour ce dernier. « Chacun de tes regards et de tes mots, chacune de tes expressions doivent refléter l'héritage de notre famille. Ce que tu penses ou ressens n'entre pas en ligne de compte. »

Lao n'avait jamais dit pareille chose à son épouse.

Elle s'entêta :

— J'ai interrogé ton jardinier et il est d'accord avec moi. Ces roses ne sont pas sauvages.

Un homme qui n'était pas sous le charme de cette femme aurait ri de sa réflexion mais, n'étant pas du genre à s'esclaffer, Lao se contenta de soupirer.

— Cesse de tourner autour du pot. Si tu as quelque chose à me dire, dis-le. Nous pourrons ensuite terminer notre dîner en paix.

Un éclair rebelle brilla dans les yeux de Chloe. Une réaction bien enfantine. Elle n'était pourtant pas une enfant, même si cela aurait arrangé Lao de la traiter comme telle, de repousser son insistance au nom de l'immaturité. C'était, hélas, impossible quand il connaissait la femme qu'elle était dans son lit.

Elle soutint son regard, d'une façon déterminée sans toutefois être provocatrice.

— Ton jardinier pense comme moi que ces roses ont été cultivées. À mon avis, ta mère a créé sa propre variété.

Elle lui annonçait cela comme si cette information avait dû lui tenir à cœur.

Pas de chance, il n'avait pas de cœur.

— Ma mère était passionnée de jardinage, répondit-il avec désinvolture. Si mes souvenirs sont exacts, elle soutenait qu'une maison n'était pas un foyer sans roses. En conséquence, elle en plantait partout où elle était.

Chloe l'observa, l'air plus maligne et perspicace qu'il aimait le croire. Il préféra ne pas envisager cette possibilité.

— Pourtant, tu m'as dit qu'elle n'habitait pas au château, mais au manoir, jusqu'au décès de ton père.

Lao s'efforça de rester désinvolte malgré la tension qui commençait à monter en lui.

— Évidemment, c'était son devoir. Ensuite, elle s'est installée dans l'une des villas destinées aux invités. Cela a facilité ma décision de rénover le château.

— Pourquoi as-tu pris celle de faire raser le manoir ?

Agacé, il tendit la main, lui enleva son verre de vin, puis l'attira dans ses bras. Son petit soupir lui plut. Il pensait souvent – lorsque son attention faiblissait et qu'il peinait à se concentrer sur son travail – à ceux qui s'échappaient de sa jolie gorge pendant qu'il lui faisait l'amour. Un son dont il commençait à penser qu'il le hanterait jusqu'à la fin de ses jours.

— Je croyais que nous discutions de roses, murmura-t-il tout en mordillant la peau fine de son cou.

Voir un frisson lui parcourir la peau éloigna ses pensées de la discussion et des questions tendancieuses de Chloe. Dans la seconde suivante, il glissait une main sous sa robe et rencontrait l'intimité de sa chair dont il savait pour lui avoir ôté sa petite culotte un peu plus tôt, qu'il la trouverait nue.

Peut-être savait-il alors qu'il aurait un urgent besoin d'elle...

La renversant sur la table, Lao la prit avec un empressement semblable à celui avec lequel elle le recevait. La savoir dévorée par la même énergie sensuelle que lui était un enchantement.

Mais le moment sublime qui lui importait désormais le plus était celui où son épouse succombait sous lui en criant son prénom.

Leurs souffles apaisés, Lao rétablit l'ordre habituel en emportant Chloe dans leur chambre pour reprendre leurs ébats de zéro.

Après cela, tout risque de revenir à cette conversation serait écarté.

Au petit matin, il quitta la chambre, prêt à attaquer une longue journée faite d'interminables coups de fil et de réunions en visioconférence, sans parler des innombrables dossiers qu'il devait suivre. L'héritage Monteleone représentait une somme de travail considérable qui le liait à jamais à sa famille et à sa terre.

Assis dans le bureau, il avait une vue plongeante sur la côte sicilienne. Et sur l'emplacement où s'était élevé le manoir, objet récent de discussions dérangeantes. Mais cela serait bientôt terminé. Septembre arriverait et, avec l'automne, cet ouragan de sensualité prendrait fin.

Cette folie avait duré bien plus longtemps qu'aucune de ses relations précédentes. Lao avait toujours choisi pour maîtresses des femmes sophistiquées, discrètes, issues des meilleurs milieux et à la tête de leur propre fortune, aussi s'était-il régulièrement demandé pourquoi ses relations n'avaient jamais conservé plus d'un mois le niveau d'ivresse sensuelle des débuts.

En fait, prononcer ses vœux cinq ans auparavant avait été un soulagement. Ensuite, en homme pour qui toute parole donnée était sacrée, il avait ignoré les demandes de son propre corps.

L'explication de son irrépressible et constant désir pour Chloe résidait peut-être dans ce fait. Des années d'un inhabituel célibat avaient eu de quoi le frustrer, voire le troubler au point de lui faire croire que sa jeune épouse lui avait jeté un sort. Rien d'étonnant donc à ce que les trois mois précédents aient été un feu d'artifice de concupiscence.

À présent, son besoin le plus urgent était de la mettre enceinte, songea-t-il. Ce problème résolu, il pourrait enfin reléguer cet été torride au rang des souvenirs et se concentrer doublement sur son travail.

Cela lui rappela une conversation avec son père. Alors aux prises avec les premiers symptômes de sa maladie, l'aîné des Monteleone s'était inquiété de sa succession.

« Tu dois faire attention avec les femmes. »

Tout juste sorti de l'université, Lao ne voulait en aucun cas voir un enfant non désiré venir troubler ses débuts de carrière, et il avait dissimulé son indignation sous un laconique :

« Je fais toujours attention, père. »

« Je ne te parle pas de sexe, bon Dieu ! J'ose espérer que tu n'es pas assez idiot pour engendrer un bâtard. Crois-moi, si c'était le cas, je vous déshériterais tous les deux et mettrais enceinte ta mère sur-le-champ. »

Lao n'en avait pas douté une seconde.

« Cela n'arrivera pas, père. Je suis prudent à l'extrême. »

« Je ne parlais pas des femmes en général, mais de celle que tu épouseras. Le but de ce mariage se résumera à assurer notre lignée. »

Lao n'avait pas besoin de se l'entendre préciser. Ce rappel lui fit cependant l'effet d'une gifle.

« Je suis conscient de mes devoirs. »

« Je suis heureux de l'entendre. Une épouse Monteleone doit toutefois remplir certains critères.

Elle doit être belle et sophistiquée, avoir une élégance classique et un passé irréprochable. »

« J'ignorais que tu tenais ma mère en si haute estime », n'avait pu s'empêcher de rétorquer Lao.

« Ta mère est une mise en garde ! Elle attire trop d'attention. Son magnétisme est insultant, il devrait t'offusquer aussi. Seul le nom des Monteleone devrait attirer les feux des projecteurs, pas la personnalité de l'un d'eux. »

Toujours leur nom. Toujours l'héritage familial.

Comme s'il avait deviné sa pensée, son père avait poursuivi :

« Le nom seul compte. Jamais l'homme. Et certainement pas l'épouse de cet homme. Si tu ne choisis pas la tienne avec la plus grande sagesse, ta vie ne sera que perpétuelle agitation, et je ne parle pas de la passion dont les jeunes gens sont si friands. Ce sera une guerre. »

Troublé par le souvenir de cette conversation, Lao quitta son bureau pour se planter devant la fenêtre. Son regard se porta sur l'emplacement du manoir puis un peu plus bas, au bord de la colline où se trouvait la tombe de son père. La sienne s'y dresserait également un jour, solitaire elle aussi car c'était la destinée des familles dont seul le nom comptait.

Avant le retour de Chloe au *castello*, il avait trouvé cette idée réconfortante. Sa vie était toute tracée, le rôle de son épouse aussi. Il n'avait pas imaginé alors que cette jeune femme docile et rêveuse puisse gagner l'assurance que procuraient de remarquables nuits d'amour.

Il n'avait pas plus imaginé devenir un jour l'esclave de

la passion. Encore moins attendre avec une impatience grandissante le retour de la nuit pour y succomber.

À vrai dire, c'était pourtant compréhensible. Et délectable.

Il ne souhaitait d'ailleurs pas la détruire pour retrouver sa paix d'esprit. Il ne pouvait simplement pas se permettre de l'alimenter.

Son père avait certes été un homme difficile sur bien des plans, mais quand il s'agissait du soin et de la protection à apporter au nom des Monteleone, il avait toujours eu raison.

Que Lao le veuille ou pas, son mariage ne devait pas prendre le pas sur l'héritage familial. Surtout quand son rôle était d'assurer la continuation de cet héritage dans la génération suivante.

Mais il devait assurer la lignée avant de tempérer ses ardeurs.

Soudain, son désir de prendre son temps lui fit douter de sa réelle motivation à accomplir ce devoir.

Un soir où ils se promenaient dans les jardins, Lao se félicita d'avoir su résister à son envie de sauter sur Chloe sur-le-champ. Le cadre s'y prêtait pourtant. L'air doux embaumait la lavande et les fleurs d'été, et le château en toile de fond brillait de mille feux sous les rayons du soleil couchant.

En fait, depuis sa prise de conscience, quelques jours auparavant, il arrivait de plus en plus souvent à se contrôler. L'emprise de Chloe sur lui était donc en train de diminuer.

— Tu as dû souffrir de grandir seul ici.

La voix de son épouse lui fit tourner la tête.

— Pourquoi dis-tu ça ? Cette propriété est un véritable paradis. Je serais ingrat de me plaindre.

— Mais tu as dû te sentir très solitaire.

— Un Monteleone ne l'est jamais. Il est toujours entouré de l'ombre de ses ancêtres.

Il ne comprit pas pourquoi ses mots provoquèrent l'hilarité de Chloe, vite réprimée cependant à la vue de ses sourcils froncés.

— Enfant, tu es censé jouer, être insouciant, profiter de la vie sans arrière-pensées, pas répéter bêtement d'étranges citations sur les devoirs de ta famille. C'est un peu bizarre de le faire, tu ne trouves pas ?

Il lui lança un regard condescendant.

— Non, Chloe, je ne trouve pas.

— Eh bien, ainsi que je te l'ai déjà dit, je ne veux pas que mes enfants grandissent entourés de fantômes. Encore moins qu'ils en deviennent.

Ayant l'impression d'avoir reçu un camouflet, Lao s'insurgea :

— Je n'en suis pas un !

— Si tu le dis, répliqua Chloe d'un ton conciliant.

Sans préambule, elle se haussa alors sur la pointe des pieds et pressa ses lèvres sur les siennes, attisant le feu qui couvait toujours en eux.

Même s'il savait qu'elle avait agi ainsi pour désamorcer toute réponse cinglante, Lao n'apprécia pas qu'elle utilise son efficace tactique contre lui. Il ne la repoussa toutefois pas.

Plus tard, une fois leurs désirs assouvis avec passion, tandis qu'ils reposaient allongés côte à côte dans son lit – qu'il n'avait jamais eu l'intention de partager plus de quelques heures quand Chloe avait le sien propre –, une pensée inquiétante troubla le bien-être de Lao.

Mettre beaucoup d'ardeur à assurer sa descendance était un acte louable. En revanche, le fait de commencer à éprouver des émotions allait le détruire. Il savait trop bien où elles menaient.

Le matin de l'enterrement de son père – en toute intimité ainsi qu'il convenait à un homme ayant toujours préféré l'ombre à la lumière –, sa mère était partie la première. Il ne s'en était pas formalisé, supposant qu'elle devait avoir besoin d'un peu de solitude afin de vivre en paix son chagrin, certainement plus complexe que le sien.

Lui s'était recueilli devant la tombe paternelle jusqu'à ce qu'une odeur de brûlé le tire de ses réflexions.

La fumée, les flammes, son combat pour éteindre le feu avec l'aide du personnel l'avaient privé de toute pensée pendant les heures suivantes. Leur tâche achevée, tout en constatant l'étendue relativement faible des dégâts – seule l'aile privée de ses parents avait été touchée –, il avait aperçu sa mère enveloppée dans un grand châle, le regard perdu sur la mer. Inquiet, il s'était approché d'elle.

« L'aimais-tu au point d'avoir envie de le suivre dans l'au-delà, maman ? »

En effet, bien qu'ayant été témoin des conflits opposant ses parents, il n'avait compris leur gravité que lorsque son père les avait qualifiés de « guerre ».

Portia avait soupiré.

« Je l'ai aimé, autrefois. Il le savait et l'a utilisé contre moi de toutes les manières possibles. Tout comme il utilisait tout ce que j'aimais afin de s'assurer que je dépende totalement de lui. »

« Maman... », avait-il commencé, pour s'interrompre aussitôt à la vue de ce regard empli d'une sagesse durement acquise, un regard dont il n'aimait pas se souvenir, même si longtemps après.

« Je suis arrivée dans cette maison jeune et naïve, rêvant de la vie heureuse qui nous attendait. Ton père m'a très vite ôté de la tête cette idée stupide, puis m'a forcée à y vivre pendant vingt-cinq ans. Alors, crois-moi, je préfère désormais dormir à même le sol dans une roseraie, épines comprises, plutôt que passer une nuit de plus dans ce maudit manoir qui n'a jamais été un foyer. »

Ce souvenir tint Lao éveillé toute la nuit.

Au petit matin, alors qu'il s'apprêtait à se lever pour noyer ses idées sombres dans le travail, Chloe ouvrit les yeux et lui sourit. Au contact de sa peau tiède, son corps se manifesta et ses soucis laissèrent place à un urgent désir.

Il n'était qu'un homme, après tout, et pas des plus fidèles à certaines décisions, car il la suivit sous la douche où, ensemble, ils débutèrent la journée dans le plaisir.

Lao serrait le corps menu de Chloe dans ses bras après ce doux moment d'extase lorsqu'elle leva la tête, un sourire contrit aux lèvres.

— Tu as l'air d'avoir aimé te faire dévergonder, *dusci mia*, dit-il d'un ton badin, sachant pourtant pertinemment combien discuter de leur intimité pouvait l'emmener sur un terrain dangereux.

Le sourire béat de son épouse le lui prouva.

— Absolument et ce, d'autant plus que...

Elle laissa sa phrase en suspens et prit une profonde inspiration avant d'ajouter :

— Je ne sais pas trop comment te dire ça, Lao...

— Alors ne te crois pas obligée de le dire.

C'était peut-être une réponse sèche, mais la voir hésiter venait de faire naître en lui un sombre pressentiment.

Chloe leva les lèvres vers lui.

Comme il n'était qu'un homme, et que son père n'avait pas réussi à lui faire dédaigner les plaisirs de la chair, il ne s'écarta pas. Il s'en voulut, mais abaissa malgré tout la bouche vers elle.

— Je t'aime, murmura-t-elle. Je n'en ai peut-être pas le droit, mais je crois t'avoir toujours aimé.

Lao se sentit blêmir.

Le droit ? Bien sûr que non !

Il ne pouvait autoriser *l'amour* !

Peu importait que son sang tambourine dans ses tempes, qu'il ressente un poids monumental où il pensa reconnaître une odieuse peine...

Horrifié, Lao coupa court à ce train de pensées.

Par chance, il avait toujours su quel était son devoir.

Fort de cette certitude, il lui tapota le bout du nez, comme il se souvenait l'avoir fait maintes fois par le passé.

Elle avait besoin d'un petit rappel de sa situation.

Un petit sourire condescendant aux lèvres, il déclara d'un ton froid :

— J'ai besoin d'héritiers, Chloe. Pas de déclarations d'amour. N'oublions pas qui nous sommes.

8

Savoir qu'elle devait quitter Lao était une chose.

Le faire en était une autre.

Surtout quand, nonobstant son cœur brisé, Chloe était persuadée qu'avec un peu d'insistance, Lao changerait d'avis.

Si elle continuait d'essayer de lui parler ou, mieux, de le comprendre, il l'aimerait.

Le parallèle avec ses efforts pour trouver un sens à la défection de sa mère, à l'époque où son père lui avait soutenu qu'elle comptait et avait une valeur propre, ne lui échappa pas. Petit à petit, elle en était arrivée à la conclusion que Bianca Stapleton avait fui sa fillette peu attachante.

Lorsqu'il l'avait compris, son père avait déclaré : « Ta mère n'a jamais aimé qu'elle-même sur cette terre. Je doute que cela change. »

C'était Portia qui avait aimé Chloe comme si elle avait été sa propre fille, et qui l'avait élevée pendant les années qu'elles avaient passées ensemble. Qui avait aimé Charlie Stapleton aussi. Portia encore qui, lorsque Lao se montrait arrogant, levait les yeux pour lui dire avec sa sagesse habituelle : « Mon fils a été élevé pour se prendre très au sérieux. Dieu préserve ceux qui ne partagent pas cette idée car un cataclysme pourrait en résulter. »

À l'époque, Chloe n'avait jamais imaginé que quelqu'un puisse taquiner Lao.

Même enfant, pourtant, elle devinait qu'il valait mieux s'abstenir de le faire. Venant de la part de la femme qui l'avait mis au monde, il l'avait accepté, mais ne le tolérerait de personne d'autre.

Malgré cette certitude, elle fit une tentative un soir où ils flânaient dans une allée du jardin ornée de statues, lorsqu'il déclara en soupirant :

— Le temps passe, or j'ai toujours un devoir à accomplir.

Imitant alors du mieux possible le ton de Portia, Chloe saisit l'occasion de dissiper son humeur soucieuse. Aucune n'aurait pu être plus appropriée, étant donné leur lieu de promenade.

— Tu devrais essayer de te prendre moins au sérieux, ou tu risques de te transformer en une de ces statues. Tu es bien trop jeune pour cela !

Il se figea, sourcils haussés.

— Je te demande pardon ?

Le calme étudié de son époux, qui présageait d'une explosion imminente, lui fit regretter sa plaisanterie sur-le-champ.

N'étant pas particulièrement téméraire quand il s'agissait de lui, Chloe eut envie de disparaître sous terre. Faute de pouvoir le faire, affichant un semblant d'assurance, elle s'éclaircit la voix pour dire :

— Excuse-moi, je n'ai pas dû comprendre le sens de ton propos. Pourrais-tu préciser ta pensée ?

— Je parlais de notre union. En faisant d'elle un mariage au sens complet du terme, j'imaginais qu'elle porterait plus vite des fruits.

— Le rythme des corps ne se conforme pas toujours à tes souhaits, déclara-t-elle d'un ton léger.

— J'en conviens, mais nous sommes en septembre et tu n'es pas enceinte, n'est-ce pas ?

— Non, je ne le suis pas.

En s'avisant de la date, Chloe se demanda comment elle avait pu laisser passer trois mois sans se préoccuper de sa nouvelle injection.

— Nous irons donc à Londres dans deux jours. Je souhaite que tu consultes un médecin.

C'en était fini de son rêve.

Lao ne l'aimait pas. Et elle ne pouvait même pas prétexter une banale course à faire dont elle profiterait pour s'échapper de cette montagne.

Mais en avait-elle vraiment envie alors que l'amour de sa vie vivait ici ?

Un voyage à Londres signifiait toutefois que son mensonge serait exposé. Vu l'influence de Stanislao Monteleone, aucun médecin ne prendrait le risque de respecter le secret médical.

Chloe avait eu la chance de vivre trois mois exceptionnels, inimaginables à son arrivée au *castello*, elle devrait donc s'en contenter et en chérir l'heureux souvenir.

En attendant, il lui fallait quitter Lao, en trouver le courage avant que son secret soit révélé.

De toute manière, l'été était bientôt terminé. Les jours déclinaient, les nuits devenaient froides, leur relation en ferait autant. Plus brutalement.

— Londres, dit-elle d'un ton léger. Ce sera un plaisir.

Le temps restant fut consacré à ses adieux. L'adieu à ce merveilleux château, à ses jardins enchantés, aux mystères des Monteleone, à la Sicile, aux superbes levers de soleil dont les teintes du jaune au rose vif éclairaient l'horizon.

Et en chaque instant possible, Chloe fit ses adieux silencieux à Lao.

Dans le lit partagé depuis son arrivée. Dans la baignoire en cuivre et près des rosiers de Portia. Le dernier soir, elle l'entraîna même sur le chemin qu'il lui avait fait emprunter le premier soir, jusqu'à la tour de garde où elle lui montra quels talents elle avait acquis en trois mois.

Toutes les manières dont elle était devenue sienne.

Quand ils finirent par monter à bord de l'avion, sa brusque fatigue lui parut normale et elle l'attribua à son récent manque de sommeil. C'était sûrement cela qui expliquait sa soudaine fragilité. Ou son impression de perdre une partie d'elle-même en voyant s'éloigner le château, les montagnes, cet endroit de Sicile où elle avait été si heureuse.

Tu as simplement besoin de repos, se répétait-elle en boucle.

— Je te trouve inhabituellement silencieuse, dit Lao tandis que l'avion poursuivait sa course tranquille vers le nord, au-dessus des nuages.

Chloe lui sourit.

— Je pensais à mon dernier vol dans ce jet, il y a trois mois, et à combien tout s'est avéré différent de ce à quoi je m'attendais.

— Aurais-tu une plainte particulière à formuler ? demanda-t-il, l'air un poil offusqué.

Elle fut tentée de lui répondre par un baiser, mais même s'il aurait été amusant, et agréable, d'utiliser sa propre technique contre lui, elle s'en abstint.

Lao ne l'aimait pas. Leur relation n'avait aucun espoir.

— Comment pourrais-je me plaindre ? Je suis une épouse Monteleone. Des hordes de femmes se disputent cet honneur. Je me prépare simplement à défendre ce titre dans les rues de Londres, au risque d'y laisser la peau.

Les yeux gris acier de Lao scrutèrent son visage si longtemps que Chloe eut l'impression qu'ils pénétraient jusqu'à son cœur, le pulvérisaient.

Mais il n'y avait pas besoin d'un moyen si radical. Il était déjà brisé.

— Très drôle, finit-il par répondre. Toutefois, ma tâche dans cette vie est de protéger l'héritage familial et de le transmettre, pas de le diminuer.

— Je sais. Tu as de la chance d'être né avec un but. Nombre d'entre nous traversent la vie sans jamais en trouver. Le tien t'a été servi sur un plateau à la naissance. Il s'accompagne certes de quantité de défis et contraintes, mais en avoir un n'en reste pas moins une chance.

— Mon père s'offusquerait de t'entendre parler de chance. Elle n'existait pas à ses yeux. La réussite est une question de pouvoir, de stratégie et d'éducation.

— Cet homme me paraît fascinant.

Lao haussa les sourcils.

— Pourquoi as-tu l'air aussi étonné ? Il a été l'autre

fantôme qui a plané sur mon enfance après le mariage de mon père avec Portia. En fait, ma mère ne compte pas car, autant que je sache, elle est toujours vivante.

— En effet, déclara Lao d'un ton désinvolte. Elle vit dans une somptueuse propriété du quartier de Bel Air, à Los Angeles. Une ribambelle d'amants la couvrent de cadeaux, tous persuadés de fréquenter une femme importante au vu du train de vie que lui assure le fonds laissé par ton père. Je la crois très heureuse.

Un rire nerveux échappa à Chloe.

— C'est là plus d'informations que je n'en ai reçues sur Bianca depuis longtemps.

— Connaissant son goût pour les scènes, j'ai jugé prudent de la faire surveiller dès le jour où ma mère a commencé à fréquenter ton père. J'ai continué car elle est désormais la seule parente vivante de mon épouse.

Sur ce, Lao haussa les épaules avec désinvolture avant de reporter son attention sur son ordinateur et son omniprésent travail.

Chloe ne crut pas à son indifférence affichée.

Elle le connaissait trop bien, désormais. L'homme froid désireux de tout compartimenter et d'enfermer son épouse dans une tour était différent de celui qui s'était montré étonnamment gentil avec une petite fille orpheline de mère.

Chloe avait connu Portia, elle l'avait écoutée avec avidité lui raconter des anecdotes sur Lao enfant et sur l'homme qu'il était devenu.

Elle connaissait ce frère par alliance qui n'avait pas hésité à voler au secours de la jeune fille perdue et accablée de chagrin venue frapper à sa porte, et sans qui son existence n'aurait jamais pris sa tournure actuelle.

Connaissant aussi l'amant inventif, Chloe savait maintenant qu'elle n'aurait jamais pu se livrer totalement à lui si elle n'avait pas compris que, malgré son arrogance et ses manières autoritaires, il ne la blesserait jamais.

N'en avait-elle pas eu la preuve lorsque, le premier soir dans la tour de garde, il l'avait affranchie de son innocence et lui avait fait découvrir une nouvelle version d'elle-même qui lui serait restée inconnue sans lui ?

Son sang dansa dans ses veines à ce souvenir.

Cet été extraordinaire avait fait d'elle une femme différente.

Ses pensées se tournèrent alors vers son père si remarquable. Il n'avait jamais accablé Bianca ni sali son nom après leur divorce, se contentant de faire comprendre à Chloe qu'il s'était laissé charmer par une apparence. Une erreur qu'il n'avait pas commise deux fois.

Quant à Portia, ses rares et superficielles confidences sur sa vie d'épouse Monteleone parlaient clairement de souffrance, mais elle lui avait répété chaque jour à quel point elle était heureuse à présent.

La pensée de Chloe revint à Lao. Peut-être avait-elle eu tort de chercher des signes d'amour dans son comportement. Non pas parce qu'il était incapable de sentiments, mais parce qu'il ne savait pas les montrer.

Ou peut-être qu'il ne l'aimait tout simplement pas.

Cette idée lui noua le ventre car elle ne voulait pas que ce soit vrai. Elle ne voulait pas non plus le quitter.

Le moindre signe d'espoir, aussi minuscule soit-il, lui suffirait pour rester à jamais avec lui, à grappiller des miettes de son affection. Lao le savait bien. Il lui faisait l'amour pour la satisfaire, la tenir à sa merci. Leur extraordinaire entente physique était pourtant réelle. Il s'agissait de passion, une passion irrésistible et dévorante.

Qui n'était pas pour autant de l'amour.

Et Lao voulait un héritier dans le seul but d'assurer sa descendance, de transmettre l'empire familial. Pas parce qu'il voulait créer avec elle un petit être qui aurait un peu d'eux deux.

Seule la lignée Monteleone comptait à ses yeux, il le lui avait assez souvent répété.

Malgré cela, une part de Chloe voulait croire qu'il avait simplement besoin d'être aimé afin de parvenir à ouvrir son cœur.

Hélas, un été était trop court. Des années d'amour seraient nécessaires pour effacer les marques de son passé.

Une part d'elle-même voulait conserver cet espoir. Certes, apprendre qu'elle avait pris une contraception à son insu allait le mettre dans une rage folle, mais il s'en remettrait.

La part raisonnable d'elle-même lui disait que c'était là pure folie.

Même sans savoir ce qu'elle attendait d'autre de la vie, Chloe avait une certitude : elle voulait compter aux yeux de son époux.

Aimer Lao à jamais serait possible uniquement

s'il acceptait d'être aimé et l'y encourageait, or il ne le ferait pas...

Restait donc à trouver un moyen de lui fausser compagnie avant le rendez-vous médical. Mais lequel ?

Le hasard le lui fournit sous la forme d'un coup de téléphone auquel Lao répondit au moment même où la limousine qui les avait attendus à l'aéroport s'arrêtait devant l'immeuble du médecin.

Il ne s'interrompit pas pendant qu'elle descendait de voiture. Pourquoi l'aurait-il fait, d'ailleurs ? Elle s'était toujours montrée docile avec lui, ne lui avait jamais donné à penser que cela pourrait changer.

Chloe entra dans le bâtiment, traversa le hall en direction des ascenseurs, hésita puis se tourna pour regarder la limousine. Lao n'avait pas bougé.

Un signe du destin.

Un signe corroborant un autre conseil de feu son père, donné peu après le décès de Portia : « La vie est faite pour être vécue, même si elle se montre injuste. »

Elle poursuivit alors sa marche jusqu'à l'issue de secours et sortit par la porte arrière.

Après s'être débarrassée de son mobile dans un caniveau, Chloe se présenta dans la banque la plus proche où elle retira en grosses coupures une importante somme d'argent. Sa valise étant restée dans la voiture, elle s'arrêta dans un magasin de vêtements pour acheter de quoi se changer. Ceci fait, elle fila vers la gare afin d'acheter un billet pour le premier train en partance pour l'Écosse.

Mirabelle – ou une autre de ses amies – l'aurait certainement hébergée quelques jours, mais Lao l'y aurait vite retrouvée. De plus, expliquer la raison de sa réapparition subite aurait été délicat.

C'est une drôle d'histoire. En fait, je suis mariée depuis cinq ans à un homme exceptionnel. Tu connais peut-être son nom...

Non, pas question de réduire ces merveilleux mois d'été à une histoire tragique racontée en prenant un verre. Cette seule idée la déprimait.

Une heure plus tard, le train de Chloe quittait King's Cross et roulait en direction d'Aberdeen. De sa place côté fenêtre, elle regarda défiler les rangées de maisons de quartiers inconnus du nord de Londres. Puis ce fut une succession de villes, petites et grandes, séparées par des étendues de campagne. Le temps s'était mis au diapason de son humeur. Une fine pluie tombait, voilant les paysages de mélancolie.

À son arrivée en Écosse, la nuit était déjà tombée, bien plus froide et plus sombre qu'en Sicile. Chloe descendit dans un petit hôtel proche de la gare où elle pleura de longues heures avant de sombrer dans le sommeil.

Le lendemain, après avoir trouvé un studio – l'argent liquide faisait des miracles –, elle partit à la recherche d'un travail et accepta le premier qu'on lui proposa : serveuse dans un café. Une occupation bien différente de l'édition, des œuvres caritatives, de l'art ou même de son rôle d'épouse Monteleone, mais c'était cela ou passer ses journées dans l'oisiveté à s'étioler dans sa chambre, à devenir un fantôme alors qu'elle avait clamé ne pas le vouloir.

À chaque heure passée loin de Lao, Chloe se sentait

pourtant de plus en plus incolore, invisible aux autres, comme si elle disparaissait peu à peu.

Pendant ses temps de travail, ses pensées vagabondaient. Cela n'avait peut-être pas été une chance de se voir donner le choix d'explorer toutes les options professionnelles possibles. Si son père avait été plus strict, s'il lui avait imposé une voie à suivre, elle aurait pu mieux faire face aux difficultés de la vie. Ou se rebeller contre lui.

Au lieu de cela, il l'avait aimée inconditionnellement, l'avait laissée faire ses propres expériences, ne lui avait jamais rien refusé, ce dont elle avait toujours été consciente. Cette certitude d'avoir une valeur propre, d'être aimée, avait eu du bon. Elle lui avait donné la force de quitter l'homme qu'elle aimait éperdument.

Et qui ne voulait pas de son amour.

Ou qui, même s'il en éprouvait, refuserait de l'admettre.

C'était pourtant le minimum requis de la part d'un époux. Surtout quand une si extraordinaire alchimie les liait. Une telle entente physique pouvait-elle même exister sans sentiments pour l'étayer ? Chloe ne voyait pas quel sens pouvait avoir une vie de couple si l'amour en était absent, du moins d'un côté.

Chaque jour pendant son service au café, elle oscillait entre espoir et désespoir, se sermonnait dans les deux cas et s'efforçait de rester lucide sur ce qu'elle était prête à accepter ou non.

Les nuits étaient plus difficiles, car échapper à ses rêves lui était impossible. C'étaient toujours les mêmes, des rêves d'eux en harmonie. Au réveil, bien sûr, sa première pensée était pour Lao dont la présence avait accompagné son sommeil. Réaliser alors qu'elle était seule dans un lit froid, le corps brûlant de désir, était une torture. En conséquence, Chloe retardait au maximum le moment de s'abandonner aux bras de Morphée.

Parfois, il lui arrivait même de se réveiller en larmes, accablée par un sentiment de solitude si intense qu'affronter le jour lui paraissait au-delà de ses forces.

Que cela lui plaise ou non, elle était déjà à moitié devenue un fantôme.

Grande était la tentation, certains jours, d'abdiquer toute fierté et d'appeler Lao. Il lui suffirait de murmurer son nom, et il viendrait la chercher.

Il viendrait la sauver de cette triste existence, résultat d'une décision malheureuse. Il la prendrait en charge. Elle le laisserait faire et se convaincrait qu'être son épouse obéissante, accepter qu'il ne l'aime pas et lui donner des enfants était le but de sa vie.

La question de savoir s'il fallait ou non téléphoner à Lao était devenue une idée fixe. Finalement, Chloe n'eut pas à trancher, car sa santé commença à la préoccuper. Elle se sentait en proie à une constante lassitude, au point que lutter contre le sommeil était devenu un combat perdu d'avance le soir et difficile à mener le jour. Puis ce fut l'odeur du café qui la dérangea, et le goût de certains aliments qui provoquait d'horribles nausées. Quand elle dut se précipiter aux toilettes un matin, l'estomac au bord des lèvres, elle eut la confirmation de ce dont elle se doutait confusément.

Chloe se rinça la bouche et revenait vers son lit lorsque la pièce se mit à tourner, le sol à tanguer.

Campant fermement ses pieds sur le plancher, elle posa les mains sur son ventre et se sentit… souffler.

Un grand calme descendit sur elle et l'enveloppa de douceur, dans ce petit studio au cœur d'une ville écossaise où nul ne la connaissait.

Soudain, ses pensées cessèrent d'osciller.

Elle, Chloe Stapleton, la fille unique adorée de Charlie Stapleton, attendait un enfant. Et, même sans réclamer à Lao la partie de sa fortune qu'il gérait, elle avait les moyens de l'élever dans d'excellentes conditions.

Elle pensa à Bianca, qui menait la vie qu'elle avait souhaitée.

Puis à Portia, à qui le décès de son mari avait permis de passer le reste de ses jours dans la joie.

Si cela lui avait paru incompréhensible jusque-là, ce n'était plus le cas.

Elle allait être mère. Pour certaines femmes, quitter leur mari et partir vers d'autres horizons et d'improbables situations était effrayant. Cela l'aurait d'ailleurs épouvantée six mois auparavant.

Mais plus désormais.

Chloe ne s'était jamais sentie investie d'une plus grande raison d'être.

Ce bébé méritait d'avoir tout ce qu'elle-même avait toujours voulu, et qu'elle n'avait eu que partiellement.

Il méritait le monde.

Et Chloe avait bien l'intention de le lui donner.

Que Lao l'ait aimée ou non.

9

Lao n'aurait jamais cru que Chloe puisse lui fausser compagnie et demeurer introuvable plus de vingt-quatre heures. Quant à rester sans nouvelles d'elle pendant un mois, cela lui aurait paru encore plus incompréhensible.

Et deux mois, carrément impossible.

Il n'aurait jamais pensé non plus qu'elle pourrait souhaiter lui échapper…

Visiblement, il s'était trompé, car il dut attendre novembre pour recevoir l'appel tant attendu.

Sa femme avait enfin été repérée.

Après avoir disparu de sa vie avec une facilité qui le déconcertait encore et le poussait à se demander s'il l'avait un jour connue, elle venait de réapparaître.

Il attendit donc qu'elle le contacte.

Mais elle n'en fit rien.

Ni ne se présenta à sa porte en Sicile en balbutiant excuses et explications.

S'il n'avait pas demandé à des détectives de surveiller tous les lieux où elle était susceptible d'aller, il n'aurait jamais appris sa présence dans le vieux manoir imposant de Winchester où elle avait grandi.

Lao fut tenté de penser que son enquêteur s'était trompé, qu'il ne pouvait s'agir de Chloe. Mais l'homme était formel et lui envoya pour preuve une photo qui la montrait se promenant par un brumeux matin d'hiver britannique.

Puis il visionna des images de caméras de surveillance sur lesquelles elle marchait le plus calmement du monde, comme si elle ne l'avait pas fui un après-midi à Londres sans jeter un regard en arrière.

Lao s'envola donc pour l'Angleterre, animé d'une rage similaire à celle qui le consumait depuis qu'il était entré dans le cabinet du médecin pour découvrir que son épouse avait pris la poudre d'escampette.

Cette rage brûlante, aux couleurs aveuglantes et qui englobait l'univers entier au moment où il était monté dans l'avion, se fit plus froide au fur et à mesure du vol.

Elle devint même glaciale alors qu'il roulait dans la campagne givrée de cette île britannique que Chloe considérait comme son foyer et préférait incontestablement à la sienne.

Même si c'était difficile à admettre, Lao était conscient de n'avoir pas vécu les mois de son absence avec l'indifférence de rigueur pour un homme de sa condition, doté de surcroît d'une force morale légendaire. Il s'était même montré irascible envers ses employés !

Après avoir tenu Chloe à distance pendant leurs trois mois ensemble, afin de ne pas laisser son besoin physique le dominer, il avait haï la distance totale soudain imposée.

Le château, qu'il avait rénové pour ne jamais y vivre la solitude morale misérable qu'avaient connue tant de générations dans le manoir, l'avait trahi. Il ne comptait plus les fois où il avait tendu l'oreille, à l'affût des pas légers et rapides de Chloe dans les couloirs. Il lui arrivait de se réveiller en sursaut, certain d'avoir entendu son rire mélodieux, pour se découvrir seul dans son lit. Son corps s'était si bien habitué aux caresses qu'il avait été horrifié de découvrir que le manque lui était devenu presque insupportable.

Chloe lui manquait, ce qui était tout aussi effroyable.

Son absence était une distraction plus grande que sa présence ne l'avait jamais été. Aussi, lui qui avait dédié sa vie à être un homme à l'image de tous les Monteleone avant lui, connaissait la panique à l'idée d'avoir été définitivement altéré.

Les premières semaines, une fois acquise la certitude que son épouse n'avait pas été enlevée, Lao ne l'avait pas cherchée.

Quelle que soit la raison qui l'avait poussée à le fuir, elle finirait par l'appeler, honteuse et probablement à peine capable de parler. Il en était sûr. Il s'imaginait même l'accueillant à son retour, magnanime, sachant déjà quel tribut il réclamerait de son adorable corps.

Mais elle ne téléphona pas.

Fin septembre, il avait donc dépêché une équipe d'hommes pour la rechercher, persuadé qu'ils la découvriraient, languissante, terrée chez une amie. Ou bien dans un musée ou une galerie d'art, discourant avec passion sur les perspectives ou les vertus du clair-obscur. Ou encore dans une soirée mondaine organisée pour une quelconque œuvre caritative.

Ses hommes ne la trouvèrent dans aucun des endroits auxquels il avait pensé.

En octobre, ils parvinrent à retracer sa présence dans un train pour l'Écosse, puis dans un hôtel douteux, un immeuble de studios guère plus recommandable, et enfin dans un café où elle avait été serveuse – le terme « café » n'ayant rien à voir avec les établissements de ce nom qu'il aurait pu fréquenter en Italie.

S'il avait fréquenté des cafés, cela allait sans dire.

Au fil de leurs découvertes, Lao scrutait les rapports de ses détectives, forcé de voir son épouse sous un jour qu'il ignorait. En fait, il admit en son for intérieur et à contrecœur qu'il ne la connaissait pas du tout. Chloe, avec son éducation privilégiée et son caractère insouciant, n'aurait jamais pensé à utiliser de l'argent liquide pour dissimuler son passage, n'aurait pas su comment disparaître de la circulation, n'aurait certainement jamais songé à aller travailler dans un café sans éclat, et n'aurait pas eu l'idée de se cacher aux regards de la société dans une petite ville pluvieuse aux maisons de pierres sombres, éloignée sur tous les plans de son cadre d'existence habituel.

Qu'elle ait choisi de quitter le *castello* Monteleone pour aller mener délibérément une vie à peine au-dessus du seuil de pauvreté était un affront. Lao ne sut pourtant dire si c'était la fuite de son épouse ou sa propre incapacité à la retrouver plus tôt qui était le plus insultant.

Ou encore le fait qu'elle ne prenne plus la peine de se cacher. Unique raison pour laquelle ses détectives avaient fini par la découvrir.

Il serra les dents, résolu à se calmer. Reconnaître les faubourgs de Winchester par la vitre de la limousine ne l'y aida pas.

Aussi belle que soit cette ville anglaise, ce voyage – imposé – dans le passé n'avait rien de réjouissant. Comme son chauffeur empruntait la petite route serpentant vers l'antique demeure seigneuriale où sa mère était partie vivre avec une hâte inconvenante peu après sa rencontre avec Charlie Stapleton, son humeur s'échauffa.

Portia n'avait pas tenu compte de ses avertissements !

Elle avait même choisi de venir lui annoncer sa décision sur le chantier du château, alors qu'il discutait des aménagements avec ses architectes. Le sachant par nature peu enclin aux scènes, elle se doutait que la présence de témoins le forcerait à rester courtois.

Mal calculé.

Dès ses premiers mots, Lao avait flairé la gravité de la situation et l'avait entraînée à l'écart pour s'exclamer : « Enfin, maman, tu connais à peine cet homme ! Le fréquenter est une chose, mais de là à te mettre en ménage avec lui sur un coup de tête, il y a un grand pas.

« Je ne te demande ni ton autorisation ni ta bénédiction, mon fils, même si j'aurais été heureuse de recevoir cette dernière. Je te mettais simplement au courant. »

Après cette réponse, donnée avec son calme habituel, Portia n'avait plus rien voulu entendre. Au lieu de consacrer le restant de ses jours à vivre en recluse dans leur propriété, éternellement vêtue du noir de rigueur à l'instar des précédentes veuves Monteleone, elle avait épousé Charlie le mois suivant.

Comme si ce fait n'était pas déjà assez regrettable, il obligea Lao à venir plus souvent qu'il ne le souhaitait dans ce coin de campagne anglaise, car sa mère refusait de remettre les pieds en Sicile.

Bien sûr, il avait rejeté le blâme sur Charlie Stapleton. Pourtant, au moment où la limousine s'engageait dans l'allée conduisant à la superbe demeure, Lao était conscient qu'il avait été plus facile de faire porter cette responsabilité à son beau-père plutôt que d'affronter le véritable motif qui avait poussé Portia à quitter définitivement la Sicile. À savoir le fait qu'elle avait été malheureuse en tant qu'épouse Monteleone.

Raison pour laquelle elle avait mis le feu à l'aile conjugale du manoir.

Alors que la limousine s'arrêtait devant la résidence Stapleton, Lao se sentit brusquement envahi par la même tentation incendiaire. Y céder ne lui aurait pas déplu.

Il n'avait plus revu cette vieille demeure peu aimée depuis cinq ans, lorsque le personnel chargé de la fermer lui avait envoyé des photos. À l'époque, Chloe vivant à Londres avec des copines de lycée, il n'avait pas vu l'intérêt de gaspiller de l'argent dans l'entretien d'une bâtisse vide.

De toute évidence, la résidence avait été rouverte à son insu – et sans son autorisation. S'il en doutait encore, les lumières brillant aux fenêtres auraient suffi à l'en convaincre. De la fumée s'échappait des cheminées aussi. Réchauffer les pièces, enlever les housses protégeant les meubles et redonner à ces murs un semblant de vie avait dû réclamer de la volonté et de l'énergie.

Son épouse avait apparemment disposé des deux !

En pure perte, car il n'avait aucune intention de s'installer en Angleterre.

Sans laisser à son chauffeur le temps de venir ouvrir sa portière, Lao descendit de voiture puis monta en trois enjambées les marches du perron et tourna la poignée.

La porte était verrouillée.

Voilà donc que lui, Stanislao Monteleone, se voyait obligé de sonner et de patienter dans le froid humide de novembre comme un vulgaire colporteur.

Au lieu de Chloe, ainsi qu'il s'y attendait, ce fut le vieux majordome de Charlie Stapleton qui se présenta devant lui.

Vu son air hautain, l'homme désapprouvait – au moins – sa venue.

Cette insulte flagrante le laissa sans voix pour quelques secondes.

— Bonjour, monsieur Monteleone. Mademoiselle Chloe attendait votre visite.

Stupéfait, Lao lui emboîta le pas. Cet accueil ne correspondait à rien de ce qu'il avait pu envisager. Cela faisait longtemps qu'il ne s'était pas fait manipuler – si tant est que cela soit déjà arrivé. Si on lui avait dit qu'une personne s'en chargerait, Chloe aurait été la dernière qui lui serait venue à l'esprit.

Pas sa douce et naïve épouse qui lui avait donné l'impression de trouver en lui un but à sa vie.

Une répartie de sa mère s'imposa à sa mémoire. « Tu n'es pas si puissant que tu aimes à le croire, mon fils. »

Il l'écarta aussitôt.

Tout en suivant le majordome le long de couloirs

sombres et de portes fermées sur des pièces emplies de meubles et bibelots, il songea que cette maison au style si britannique lui avait rendu un service. Elle l'avait poussé à faire tout l'opposé au *castello*. Chez lui, clarté et espaces ouverts régnaient partout.

Comme le digne employé semblait ralentir le pas à dessein, Lao l'imita. Il ne lui ferait le plaisir de laisser voir son impatience. Il rongea donc son frein jusqu'à ce qu'il soit enfin introduit dans la véranda vitrée, située sur un côté du bâtiment principal, que Portia avait transformée en serre afin de jardiner tout au long de l'année. Il l'avait d'ailleurs trouvée maintes fois en cet endroit, en train de couper les fleurs mortes, de tailler un bonsaï, ou les mains enfouies dans la riche terre de ses innombrables pots.

Sans accepter entièrement les choix de sa mère, Lao les avait en partie compris, car ils avaient longtemps partagé une certaine connivence. Ceci même s'ils ne discutaient jamais de ce qu'ils avaient vécu – à des degrés différents –, et à quoi ils avaient survécu. Aussi avait-il admis tacitement qu'il aimait la voir épanouie dans son second mariage.

Si elle pouvait être heureuse, lui pourrait l'être aussi, avait-il pensé.

Il avait cependant vite rejeté cette pensée, signe d'une faiblesse indigne de lui. Les hommes de son rang ne se souciaient pas de bonheur. Ils avaient beaucoup plus important à faire.

Lao mit quelques secondes à réaliser que ni Portia ni ses chères plantes n'étaient là et que la pièce était glaciale.

La silhouette debout face à une fenêtre était celle de

son épouse. Ses cheveux dénoués recouvraient le haut de son dos d'un voile soyeux quand en Sicile, ils étaient toujours relevés en un style élaboré. Étrangement, cela lui plut. Tout comme la robe taille empire qui laissait deviner la rondeur de son petit derrière ferme. Il se sentit presque héroïque de rester immobile alors que sa seule envie était de se précipiter vers elle, de lui montrer qui menait la danse.

— C'est triste de voir cette pièce vide, n'est-ce pas ? dit Chloe sans se retourner. Je pensais tenter d'y cultiver mes propres roses en l'honneur de ta mère.

— À quoi tout cela rime-t-il ? rétorqua Lao d'une voix maîtrisée, s'efforçant de ne pas laisser transparaître sa fureur.

— Notre situation est inversée aujourd'hui. C'est moi qui suis debout face à une fenêtre, et toi qui arrives sans aucune idée de ce qui se passe. Ce n'est pas très agréable, n'est-ce pas ?

Pour la première fois depuis une éternité, Lao éclata de rire. Il eut alors la satisfaction de voir son épouse se raidir, comme sous l'effet d'une agression. Sa sérénité était donc feinte...

— Tu es ma femme, Chloe, lui rappela-t-il sans plus dissimuler son humeur. Aussi, laisse-moi te dire exactement ce qui se passe. Tu vas rentrer en Sicile, reprendre ta place auprès de moi et, si tu as beaucoup de chance, je pourrai avoir la mansuétude de t'autoriser à repartir dans trente ou cinquante ans.

Elle se retourna lentement. Ses yeux sombres lançaient des éclairs. La froideur de son expression coupa le souffle à Lao. Il ne la reconnaissait pas.

— Non.

Ce mot lâché d'une voix nette sembla planer entre eux, trancher l'atmosphère.

— Je te demande pardon ?

— Non, répéta-t-elle sur le même ton. Si tu veux me voir revenir, demande-le-moi. Je n'ai plus d'ordre à recevoir de toi, désormais. Si tu désires quelque chose de moi, tu devras me le demander. Je te l'accorderai peut-être, ou pas, mais sache que tu n'obtiendras rien de moi si tu agis en patron tout-puissant au lieu d'agir en mari.

— Je ne vois pas la différence.

Tout en parlant, Lao laissa rapidement glisser son regard sur le corps de sa femme avec une concupiscence exacerbée par ces mois de célibat forcé.

C'était bien le même, et Chloe lui appartenait toujours.

Même si elle avait changé.

Le sang bouillonnant dans ses veines, il s'élança vers elle, ne réalisant ce qu'il faisait qu'à la vue de ses yeux soudain écarquillés, mais cela ne l'arrêta pas.

— Tu n'essaies pas de m'intimider, j'espère.

Il n'en avait pas eu l'intention, pourtant son tumulte intérieur avait pris le pas sur sa raison.

— Je te suggère de te taire, dit-il d'un ton à peine plus haut qu'un murmure.

Comme il arrivait plus près, la forçant à reculer contre la fenêtre, il vit sa poitrine se soulever à un rythme plus rapide. Ses seins étaient plus ronds, remarqua-t-il avant d'abaisser les yeux. Son ventre tendait légèrement le tissu de sa robe et sa taille s'était épaissie.

Lao prit les seins de Chloe en coupe, les trouva plus

lourds que dans son souvenir, puis laissa glisser les mains sur le renflement de son ventre. Sa chaleur sembla irradier à travers ses paumes. Il se figea et regarda sa femme droit dans les yeux en marmonnant :

— Dis-moi que je me trompe.

— Pour cela, il faudrait que je sache ce que tu penses, or j'ai toujours eu du mal à le deviner. En revanche, je suis certaine d'une chose : tu n'as pas perdu l'habitude de malmener les gens.

— Tu es enceinte, Chloe, lâcha Lao d'un ton mordant tant la trahison était grande. *Enceinte*, bon sang ! Et tu as pris la fuite pour me le cacher ! Si tu t'imagines que ton petit jeu m'amuse, tu te trompes.

Loin d'être impressionnée, voire de se mettre à trembler, elle redressa les épaules, leva le menton et le repoussa des deux mains. Un instant, il crut qu'elle allait de nouveau fuir, mais elle resta ainsi et soutint son regard sans la moindre trace de peur, lui sembla-t-il.

— Effectivement, je suis enceinte.

— Et tu as fait une incommensurable bêtise ! s'emporta-t-il face à son calme.

Cette fois, Lao crut distinguer une lueur incertaine dans ses yeux sombres, mais dans la seconde, elle avait disparu, et Chloe relevait encore le menton.

— Parce que tu m'imagines incapable de me débrouiller seule ? Eh bien, ce n'est pas le cas. Je vais m'occuper de mon enfant, l'élever comme je l'entends. Certainement pas te laisser appliquer les fichues méthodes rétrogrades chères aux Monteleone, car s'il y a une chose que je ne veux pas, c'est faire de lui, ou d'elle, un robot à l'image de celui que ton père a fait de toi.

Lao se permit un petit rire.

— Un robot, moi ? C'est ainsi que tu me vois ? Je t'ai pourtant montré maintes fois combien mon corps était bien réel.

Et il se souvenait de chacune.

Elle aussi, certainement, mais au lieu de le reconnaître, Chloe se contenta de déclarer :

— J'ai eu beaucoup de temps pour réfléchir.

Lao avait connu de nombreuses versions d'elle. La petite fille insolente, la jeune femme accablée de chagrin, la douce épouse qui le regardait avec admiration et du désir plein les yeux. En cet instant, il vit la femme mûre qu'elle était devenue sans qu'il remarque le changement. Chloe n'était plus simplement jolie, mais splendide avec son regard et sa posture déterminés. Elle l'étudiait avec un air de profonde sagesse qu'il n'aima pas du tout.

— C'est clair, tu as eu bien trop de temps pour réfléchir. Cela ne peut te faire aucun bien.

Ni à lui. *Sentir*, en revanche, était beaucoup mieux.

La saisissant alors par la nuque, il l'attira à lui puis écrasa ses lèvres sur les siennes. Ce contact fut explosif.

Lao retrouva *sa* Chloe. Celle de leurs nuits passionnées, celle dont la langue cherchait la sienne avec avidité, celle dont les mains se glissaient sous sa chemise pour le caresser.

Oui, c'était bien Chloe, et comme son corps avait changé, il voulait apprendre à le connaître. Délaissant sa bouche, il descendit le long de son cou gracile, jusqu'à ses seins à la nouvelle rondeur, puis sur le renflement de son ventre, pour le vénérer.

Et, comme c'était Chloe, elle s'attaqua à la boucle de sa ceinture qui céda sous ses doigts fébriles, puis s'agenouilla devant lui, abaissa son pantalon et son boxer, et prit son sexe dans sa bouche ainsi qu'il le lui avait appris.

Un plaisir fulgurant traversa tout le corps de Lao, délicieux après tant de temps.

Mais il voulait plus.

Il la voulait.

Se dégageant, il la releva, fit remonter sa robe sur ses hanches, puis la souleva. Chloe enroula aussitôt les jambes autour de sa taille.

Dans la seconde suivante, il était en elle. Le feu brûlant en eux les transporta vers des sommets. La sentant soudain trembler entre ses bras, il la plaqua contre la vitre et, d'un ultime coup de reins, les propulsa dans l'extase.

Repus, ils restèrent quelques minutes enlacés tandis que leurs corps s'apaisaient, avant de se séparer et de rajuster leurs vêtements.

Lorsque Lao releva la tête, il fut étonné de croiser un regard triste.

— Alors, murmura-t-il, me vois-tu toujours comme un robot ou t'ai-je convaincue du contraire ?

Elle lui caressa la joue, l'air encore mélancolique.

— Nous avons toujours été doués sur ce plan, n'est-ce pas ? Mais regarde autour de toi, Lao. Cette serre était autrefois remplie de joie, d'amour et de lumière. Ta mère y passait des heures à parler à ses plantes, à prendre soin d'elles. Elle coupait leurs fleurs pour en garnir la maison. Sa vie était tournée vers le partage de son bonheur.

— Chloe..., l'interrompit-il, désireux de la ramener au plus vite dans le présent, comme si en lui parlant du passé elle s'éloignait de lui.

Mais elle poursuivit.

— Maintenant, elle est vide et glaciale. Ce n'est plus qu'une véranda pleine de courants d'air où plus rien ne pousse.

— Parce que la maison était fermée, dit-il, la poitrine étrangement oppressée. Si tu souhaites la voir retrouver sa splendeur d'antan, je peux engager un jardinier.

— Si je voulais un professionnel, je pourrais le payer moi-même.

Lao aurait réagi avec autorité si Chloe avait parlé avec hargne ou amertume, mais ce n'était pas le cas. Elle était triste.

À cause de toi, lui murmura une petite voix intérieure.

— Dis-moi ce que tu veux, et je te le donnerai. Je ferai venir toutes les fleurs exotiques de la planète si tel est ton souhait.

— Ce ne sont pas les fleurs qui importent, mais la manière dont elles étaient cultivées. Elles l'étaient avec *amour*, Lao. Et mon enfant grandira en moi avec mon amour.

— Je ne comprends pas le sens de tes propos. N'ai-je pas toujours pris soin de toi au cours des dernières années ? N'étais-je pas là pour toi quand tu n'avais plus personne ? Est-ce là ta manière de me remercier ?

— Je t'aime, dit-elle simplement.

Tout comme la première fois où Chloe lui avait dit cela, Lao se sentit blêmir.

Mais elle n'avait pas terminé.

— Je pense t'avoir toujours aimé et je crois que je n'arrêterai jamais. Tout ce que je te demande est de te soucier un peu moins de l'héritage Monteleone et de réfléchir à la possibilité de m'aimer en retour. Que tu en sois conscient ou pas.

Il la fixa, le sang battant dans ses tempes à la vitesse d'un cheval au galop.

— Et si je ne peux pas ?

Le sourire de Chloe ne fit que rendre plus intense la tristesse présente dans ses yeux. Tristesse qu'il sentit le pénétrer profondément.

— Alors je crains que tu doives partir, répondit-elle d'un ton dont la conviction l'ébranla avec la force d'un tremblement de terre.

Il ne l'avait jamais entendue parler avec une si calme autorité. Or elle pensait chacun de ces mots, Lao en était douloureusement conscient.

Serrant les bras autour de son ventre où grandissait leur bébé, elle poursuivit, impitoyable :

— Parce que, après avoir vu l'amour dont ta mère nous a entourés, ses plantes, mon père et moi, après avoir souffert de ce que ma mère m'avait refusé le sien, je donnerai le mien à mon enfant – notre enfant –, en entier. Il est hors de question que je l'expose au risque de grandir dans un foyer où son père me considérera comme une simple génitrice et ne verra en lui que l'héritier d'une lignée aux diktats de laquelle il devra se conformer. Je n'essaierai même pas.

10

Ces derniers mots à peine prononcés, Chloe les regretta amèrement. En plus de ne pas les penser, elle était prête à accepter de Lao le peu qu'il lui accorderait, car c'était toujours mieux que de vivre sans lui.

Elle aurait été capable de le lui dire trois mois plus tôt au château, quand elle était encore faible. Ou peut-être même s'il était venu la trouver dans son studio à Aberdeen, après sa fuite. Mais elle savait ce qui se serait passé. Il l'aurait ramenée sur-le-champ en Sicile et ne lui aurait jamais fourni une autre occasion de quitter sa montagne. Elle serait devenue un autre fantôme Monteleone.

Par chance, elle avait découvert sa grossesse, et tout avait changé.

Elle avait changé.

— Tu dis m'aimer, mais tu me menaces dans la foulée de me quitter et d'emmener mon enfant si je ne fais pas tes quatre volontés, s'emporta Lao. Tu as une notion de l'amour franchement particulière !

— Et alors ? Tu ne veux pas engager de sentiments. Inutile donc de te préoccuper d'amour désormais.

Chloe se demanda par quel miracle elle parvenait

à parler posément, surtout quand son corps vibrait encore de passion.

Mais ce dérapage ponctuel ne devait pas se reproduire.

Passant devant Lao, elle sortit, remarquant au passage que la porte était restée ouverte. L'idée qu'un membre du personnel ait pu les voir ou les entendre lui fit monter le rouge aux joues, mais elle était au-dessus de ces considérations dans son état présent. Alors qu'elle atteignait la partie chauffée du manoir, le souvenir de son père qui se plaignait de la température excessive lui fit monter un sourire triste aux lèvres. Il avait cessé quand Portia était tombée malade.

Or à présent, elle pouvait chauffer comme bon lui semblait...

Et seul le petit être qui grandissait en elle comptait.

Ni ses chers disparus, ni ce que les employés avaient pu voir, ni Lao, ni elle. Simplement le bébé dont elle s'assurerait qu'il ait une vie heureuse.

Consciente que Lao la suivait, sa frustration quasi palpable, Chloe entra dans le boudoir de Portia.

En ce froid et sombre après-midi de novembre, les flammes crépitant dans la cheminée projetaient des lueurs dansantes sur les meubles et les reliures de cuir sombre des livres de la bibliothèque, et diffusaient une chaleur intime dans la pièce. Lorsqu'elle avait contacté le vieux majordome de son père, depuis l'Écosse, celui-ci s'était empressé de réengager les autres employés et de redonner au manoir l'atmosphère douillette qu'elle aimait.

Selon la tradition, il avait servi à son intention un thé

complet sur la table ronde devant la cheminée. Mais au lieu de s'asseoir dans l'un des fauteuils disposés autour, Chloe alla se planter devant les étagères et caressa du bout des doigts les livres installés pêle-mêle par Portia, aux yeux de qui une étagère ordonnée trahissait un excès de rigueur morale.

— Cette pièce était la préférée de ta mère, tu le sais, j'imagine.

— Évidemment, j'y suis venu assez souvent. Je ne vois cependant pas ce que les préférences de ma mère ont à voir avec nous.

— Vraiment ?

Chloe se retourna. Un petit sourire lui étira les lèvres. Elle n'avait jamais vu Lao aussi désemparé. Ses yeux avaient pris la couleur du mercure.

Leur autorité habituelle semblait les avoir délaissés pour s'infuser en elle, et elle n'était pas sûre de s'en départir un jour, ni même de le vouloir.

D'une main pressée sur son ventre, elle rassura son enfant à l'intérieur. Ils s'en sortiraient, tous les deux, ensemble.

— Pourrais-tu cesser de parler par énigmes et me dire ce que je t'ai fait ? demanda Lao, dents serrées. Tu t'évanouis dans la nature avant d'entrer chez le médecin, tu te caches en Écosse sous une fausse identité et tu me dissimules que tu attends l'héritier que je désire ardemment avoir. Est-ce là ta manière de me remercier de ma gentillesse ? Il y a quelques mois, tu étais pourtant reconnaissante au point d'accepter de porter mon enfant.

— Je te serai toujours reconnaissante de cette gentillesse, Lao, mais je n'avais aucune intention de tomber enceinte. C'était ton but. Ça n'a jamais été le mien.

Lao s'avança vers elle et la pièce sembla rétrécir sous l'effet de sa présence impressionnante. Plus il approchait, plus Chloe sentait une irrépressible force l'attirer vers lui, l'empêchant de se concentrer.

— Tu es toujours aussi perdue, à ce que je vois, mais en plus tu sembles avoir ignoré les conséquences de rapports non protégés. À quoi t'attendais-tu ?

Cette ironie la frappa de plein fouet, aussi exaspérante que blessante. Cela eut le mérite de lui rendre son humeur combative.

— À rien, car j'étais sous contraception.

Lao eut un mouvement de recul, comme s'il avait reçu une gifle. Chloe en éprouva une sensation de triomphe.

— Me crois-tu vraiment stupide au point de coucher avec toi – ou quiconque – sans m'inquiéter des suites possibles ? demanda-t-elle avec un petit rire. Inutile de répondre : à voir ta tête, tu le crois.

Au lieu de riposter avec hauteur, il se contenta de soupirer.

— Je ne te crois pas stupide. J'ai pensé que nous voulions la même chose.

— Allons, tu as toujours su que je t'aimais et rêvais d'intimité avec toi. T'est-il un instant venu à l'idée qu'utiliser ton pouvoir et ton influence sur moi pour obtenir ce que tu voulais était malsain ? Probablement pas, mais le plus drôle, Lao, c'est que, d'une certaine manière, j'aime ça car je sais exactement qui tu es. Je t'aime exactement comme tu es.

— Tu oses dire cela après tous tes mensonges ? Ne

vois-tu pas que ces mots sont insignifiants dans les circonstances actuelles ?

Piquée au vif, Chloe rétorqua sans dissimuler la passion qui brûlait en elle :

— Oui, j'ose. Je t'aime, Lao. Pas assez toutefois pour délaisser les armes en ma possession. Pas assez pour me livrer à toi et accepter d'être brûlée sur l'autel du sacrifice.

— Les Monteleone ont cessé les sacrifices rituels depuis des lustres, Chloe.

— Il s'agissait d'une métaphore, mais cela revient au même. Veux-tu vraiment cela de moi ? Je ne le crois pas, car il y a en toi plus qu'un Monteleone traditionnel, je le sais.

La mâchoire de Lao se contracta. Ses yeux lancèrent des éclairs. Quand il répondit, ce fut d'une voix glaciale.

— Tu te trompes.

— Désolée de l'entendre. Quoi qu'il en soit, je ne te laisserai pas étouffer cet enfant comme tu l'as été.

— Je n'ai pas été *étouffé*, mais élevé différemment de toi, Chloe. On m'a donné des responsabilités dès mon jeune âge et demandé de les assumer. Je n'ai été ni dorloté ni applaudi quand je n'en faisais qu'à ma tête.

— Ta mère a pourtant essayé de faire de toi un homme normal, mais ses tentatives ont été contrées. Après tes séjours chez nous, elle m'en parlait et se sentait obligée de s'excuser pour… ce que tu es.

— Et comment suis-je, à ton avis ?

— Brisé. Enfermé en toi-même. Austère, comme si tu avais renoncé aux joies du monde pour vivre en ermite en haut de ta montagne, uniquement préoccupé par ton sacro-saint héritage et tes finances.

Elle s'autorisa un petit rire avant d'ajouter :

— Ce ne sont pas mes mots, Lao, mais ceux de Portia.

Comme il se plaçait à un pas d'elle, son parfum enveloppa Chloe, jouant avec ses sens, la tentant.

Il aurait été si simple de se jeter dans ses bras et d'oublier ce qu'elle essayait de faire. Avait besoin de faire. Mais elle savait comment cela aurait fini.

— Tu me sembles attacher bien trop d'importance aux paroles d'une femme qui voulait surtout donner un récit arrangé de son passé. Ma mère n'était pas telle que tu voulais la voir. Du moins je le crois.

Le ton plein de sous-entendus de Lao la choqua.

— Je préfère ne pas en entendre plus. Cette tentative tordue de salir son souvenir est pathétique.

— Veux-tu savoir pourquoi j'ai fait raser notre manoir ?

Comme elle restait muette, il poursuivit.

— Parce que, en plus de mettre le feu à l'aile conjugale, elle a saccagé tout le reste de la maison. Est-ce le comportement d'une femme équilibrée, à ton avis ?

— Elle était peut-être désespérée, murmura Chloe.

Lao pencha la tête jusqu'à quelques centimètres de son visage.

— Mon père était déjà mort. Lorsque m'a mère m'a dit vouloir quitter l'île pour aller se reposer, j'ai accepté, pensant qu'elle faisait une dépression nerveuse. En fait, elle m'a annoncé peu après son intention d'épouser ton père.

Se félicitant de parvenir à lui tenir tête quand son seul désir était de se jeter dans ses bras, Chloe répondit :

— Oui, parce que quoi que tu penses ou aies pu

penser de mon père, Portia se sentait en sécurité avec lui. Pour la première fois de sa vie, je crois. Ce n'est pas anodin.

Lao recula, l'air déstabilisé, puis se lissa le front à deux mains. Il n'était donc pas si insensible qu'il voulait le laisser paraître…

Elle ne sut si c'était un bien ou pas.

— Tu crois vraiment…

Il se tut brusquement et secoua la tête.

— Ma mère vient de la haute aristocratie et elle avait été élevée pour épouser un homme tel que mon père. Elle connaissait le style de vie qui serait le sien. Elle ne pouvait pas attendre de sentiments ou une relation égalitaire, son devoir était de se donner entièrement à lui, corps et âme.

Chloe se sentit frémir.

— Pas de chance, elle n'était pas un robot, mais un être de chair et de sang.

— Oui, mais qu'elle ait aimé cela ou pas, elle s'était engagée à faire son devoir en épousant mon père. Il n'était pas un homme aimable et sentimental et n'a jamais prétendu l'être. Elle le savait d'emblée, mais elle n'a pas accepté qu'il ne change pas.

— Donc, tu fais porter le blâme à Portia ?

— Oui, car elle n'a pas tenu ses engagements. Au lieu de s'en tenir à son rôle avec la discrétion de mise, elle étalait ses émotions. Elle est allée jusqu'à allumer un feu et saccager le manoir. Si elle n'avait pas été ma mère, elle aurait fini en prison pour incendie volontaire !

— Écoute, Lao…

Il lui intima le silence d'une main levée, impérieuse.

— Tout ce qu'on lui demandait, c'était de faire son devoir, et elle en a été incapable ! Elle avait tout ce qu'on peut désirer. Argent, puissance et influence. Je ne comprends pas pourquoi elle a voulu changer cela, ni pourquoi elle a cru pouvoir gagner en affrontant mon père.

— Toi.

Chloe se demanda d'où elle tirait cette soudaine certitude. Probablement du fait de devenir mère. Forte de ce sentiment, elle poursuivit :

— C'est *toi* qu'elle espérait gagner, Lao, car elle te voyait ressembler de plus en plus à ton père. Tu es devenu comme lui, n'est-ce pas ?

Elle vit sa respiration s'accélérer et un éclair dur passer dans ses yeux, mais ne se laissa pas impressionner et poursuivit :

— Portia voulait te donner le choix de développer ta propre personnalité. Visiblement, elle a échoué car tu es le clone de ton père.

Le coup porta. L'expression de Lao se décomposa. Il n'était plus que l'ombre de lui-même.

Chloe songea qu'elle ne l'avait jamais aimé plus qu'en cet instant, mais pour protéger son bébé – y compris de son propre père –, elle se retint d'aller vers lui.

Il retrouva alors un semblant de voix pour dire :

— Chloe...

Mais elle refusa de l'écouter, resta immobile, le dos droit, le regard fixe.

— Que dois-je brûler pour obtenir ton attention et te prouver que je t'aime, Lao ? Nous savons pourtant tous les deux que ce n'est pas la vraie question.

Contrairement à ce qu'elle espérait, il ne saisit pas cette occasion d'argumenter, mais la fixa comme si elle était un fantôme, en plein après-midi, dans cette pièce où autrefois résonnait le rire de sa mère.

Les mots sortirent alors. Des mots qu'elle aurait préféré garder pour elle-même.

— La vraie question est : pourquoi crois-tu que tu ne peux pas m'aimer en retour sans anéantir l'héritage Monteleone ?

11

C'en était trop.

La *bienveillance* angoissée dans le regard de Chloe était trop proche de la pitié pour être acceptable.

Lao quitta donc la pièce, traversa le manoir d'un pas incertain et sortit.

Une fois à l'extérieur, il aspira avec avidité l'air froid, comme pour anesthésier les émotions qui faisaient rage en lui.

Il pensa à son père qui n'avait jamais été vraiment cruel, car la réelle cruauté nécessitait un degré d'attention supérieur à celui qu'il accordait à tout ce qui ne faisait pas partie intégrante de l'empire Monteleone.

Son père parlait toujours de devoir, soulignant le fait que, même si Portia était loin de faire le sien, lui, Lao, pouvait faire ses preuves. À condition de travailler dur, de ne pas s'écarter du chemin tracé pour lui par ses ancêtres, de maîtriser ses réactions face à ce qui le contrariait.

Lao avait suivi ces conseils et réussi, malgré quelques échecs au départ.

Il s'était amélioré après avoir été envoyé en pensionnat où il avait reçu un entraînement intensif sur la manière d'étouffer toute émotion perturbante qui pouvait naître en lui, sous peine de se laisser submerger.

Avec le temps, il n'en avait plus éprouvé aucune.

Et il avait oublié tout ce que sa mère lui avait dit qui ne correspondait pas à la version de son père.

Un souvenir lui revint en mémoire. Cela s'était passé après un dîner durant lequel Portia avait refusé d'observer le silence requis par son père.

« Pourquoi ne peux-tu cesser d'insister ? » lui avait demandé Lao. « À quoi bon le défier ? Tu sais qu'il ne t'accordera jamais le divorce. »

« Je sais, mais je n'ai pas à rester ici. Il y a de nombreuses autres propriétés Monteleone. Je pourrais vivre heureuse ailleurs. »

« Alors, ne te gêne pas », avait répliqué Lao avec l'arrogance de sa jeunesse.

Une étincelle avait brillé dans le regard de Portia. Il l'avait attribuée à un éclat de honte.

Il se souvint aussi des derniers jours de son père, de la manière dont sa mère s'était occupée de lui alors qu'elle ne le tenait pas en grande estime. Sans dire un mot. Sans poser la moindre question.

Vers la fin, l'aîné des Monteleone – dont le regard était déjà fiévreux et dont le corps avait pris un aspect cadavérique – avait alors gloussé : « L'héritage Monteleone gagne toujours. »

Il avait ensuite fermé les yeux, puis rendu son dernier souffle.

Depuis, Lao avait toujours cru que cette phrase lui était adressée, tel un dernier conseil.

Il ne lui était pas venu à l'idée qu'elle ait pu être une raillerie destinée à Portia.

C'était pourtant cela. Se sachant sur le point de mourir, il avait annoncé à sa femme qu'il avait modelé leur fils à son image.

Et, plus important, qu'elle ne pourrait pas changer cela.

Comment avait-il pu mettre tant de temps à le comprendre ?

La raison lui fut aussitôt évidente.

Il avait fallu Chloe pour lui ouvrir les yeux.

Il avait passé son temps et dépensé une énergie considérable à la convaincre qu'elle avait besoin de lui alors que, tout du long, c'était lui qui avait besoin d'elle.

N'ayant pas prêté attention à la direction qu'il prenait, Lao mit quelques secondes à réaliser où il se trouvait tant le jardin était différent en cette fin d'automne, sans verdure, sans fleurs. Il reconnut dans les buissons dénudés les rosiers de sa mère, taillés en prévision de l'hiver.

Ils avaient l'air morts.

Mais ils ne l'étaient pas.

L'évidence fondit sur lui. Il comprit pourquoi Portia avait passé tant de temps dans les ruines du *castello*, s'occupant inlassablement de ses rosiers avec amour.

Elle se ressourçait dans le seul lieu où elle trouvait du plaisir, restait pour son fils, s'occupait de lui du mieux qu'elle le pouvait. Portia n'avait peut-être pas accompli son devoir d'épouse Monteleone.

Mais elle avait toujours fait son devoir de mère.

Tellement bien qu'il ne s'en était pas rendu compte.

Lao se pencha et passa une main sur une branche surmontée d'une unique rose fanée, avant de la retirer aussitôt en sentant une piqûre.

Le sang perlait, d'un rouge éclatant. Un signe de vie dans la grisaille de novembre.

Soudain, il eut l'impression de revivre.

Tout ce qui, encore une heure auparavant, lui semblait hors de contrôle prit du sens.

Il coupa l'extrémité de la branche puis, la serrant dans sa paume, repartit vers la maison qu'il avait toujours trouvée trop inconfortable, trop anglaise. Il avait pensé que, s'il n'y faisait que de brefs séjours, c'était pour éviter Charlie Stapleton, et il avait même eu l'arrogance de le dire à sa mère.

À présent, il comprenait pourquoi elle avait souri sereinement, sans s'engager dans la discussion qu'il avait visiblement cherchée.

Parce qu'elle savait qu'il ne supportait pas l'amour.

L'amour entre Charlie et Portia. L'amour entre Charlie et Chloe. L'amour de sa mère pour la fillette. L'amour des Stapleton pour leur personnel. Un amour réciproque dont il avait eu la preuve en apprenant que chacun des anciens employés avait repris du service pour aider Chloe à se réinstaller au manoir.

Ce n'était pas qu'il ne supportait pas tout cet amour, pensa-t-il alors. En fait, il avait été incapable de reconnaître son importance.

Pas étonnant que Chloe ait été si perdue quand le décès de ces êtres chers l'en avait privée.

Accélérant le pas, Lao traversa le manoir sans se soucier du regard désapprobateur du vieux majordome.

Il trouva Chloe là où il l'avait laissée, dans la pièce préférée de Portia.

Pendant que lui avait une révélation face à un massif de rosiers aux branches nues, elle s'était placée devant la cheminée, les bras serrés autour de son ventre, les yeux rivés sur le feu, comme s'il l'avait brisée à jamais.

Elle tourna la tête à son entrée dans la pièce, le fixa si longuement qu'il s'attendit à ce qu'elle lui ordonne de partir, puis elle ouvrit les bras et son regard se fit doux.

Lao la rejoignit, le rameau épineux toujours serré dans son poing.

Chloe lui prit la main, lui ouvrit les doigts.

— Tu saignes, Lao.

— Oui, et je sens la douleur. Ce doit être bon signe, j'imagine.

Elle écarquilla les yeux, puis ôta les épines délicatement et jeta le rameau dans le feu.

— Acceptons de brûler ce qui nous blesse, mais rien d'autre, murmura-t-elle.

Des larmes roulant sur ses joues, elle se pencha pour lui embrasser la paume.

Comme si son baiser pouvait soulager la blessure qu'il s'était lui-même infligée par la force de sa poigne.

Une métaphore si éloquente...

Plus il avait serré le poing, plus les épines s'étaient enfoncées dans sa chair.

Il lui avait suffi d'ouvrir la main, de lâcher prise, pour retrouver ce qu'il avait craint d'avoir perdu à jamais.

— Chloe, dit-il, la gorge serrée. Je t'aime. J'aime tout

en toi. La jeune fille accablée de chagrin et la femme épanouie, perdue ou forte, tant que tu es à moi.

Comme elle secouait la tête, il sentit la peur lui nouer le ventre, puis vit un sourire fleurir sur ses lèvres.

— Je l'ai toujours été, depuis le jour où tu es venu me parler, dans cette maison, quand j'avais sept ans. De ce moment, tu as toujours agi avec bonté.

— J'en doute. Ce n'est pas la manière des Monteleone.

— Mais c'est la nôtre, et tu continues de le faire, même si tu cherches à t'en empêcher.

Brusquement, devant le feu où brûlait la dernière rose de sa mère, Lao laissa tomber le mur qu'il s'était efforcé d'ériger entre Chloe et lui. Il abandonna tout ce en quoi il avait toujours cru.

Plus rien n'eut d'importance, sauf la femme qui le regardait avec des yeux emplis d'un amour et d'une confiance qu'il savait n'avoir rien fait pour mériter.

La femme qui portait son enfant et avait été prête à le combattre, lui, Stanislao Monteleone, pour assurer la sécurité de cet enfant.

Et il sut que ce moment représentait un tournant dans son existence.

Le reste de sa vie dépendait de sa réaction.

Il pouvait continuer à accomplir le devoir dicté par feu son père, ou faire le sien envers son enfant à naître. Mais concilier les deux était impossible s'il voulait donner à son enfant l'amour qu'il méritait.

Celui que Chloe avait reçu de son père.

Cet amour l'avait armée pour la vie, tandis que lui avait porté l'héritage Monteleone tel un fardeau.

Lao prit alors sa femme dans ses bras et la serra très fort.

— Chloe. *Dusci mia, sei tutto per me.* Tu es tout pour moi. Épouse-moi.

— Je l'ai déjà fait.

— Cette fois, faisons-le en grande pompe. Ouvrons le château et débarrassons-nous des mystères, des secrets et des mensonges de ma famille, jusqu'à ce qu'il ne reste que *nous*.

Elle enroula les bras autour de son cou et le regarda, les joues ruisselantes de larmes.

C'étaient des larmes de joie, Lao le savait.

Des larmes d'amour.

— Je serai la meilleure épouse Monteleone qui ait jamais existé, murmura-t-elle. Je te le promets.

Il lui caressa le ventre avant de répondre :

— *Amore mio*, tu l'es déjà.

12

Lao tint parole.

Il était un Monteleone, après tout. Mais dorénavant, il choisissait les héritages qu'il souhaitait perpétuer.

Il ouvrit la propriété en grand aux invités et aux journalistes venus assister à son mariage avec Chloe.

L'amour était plus important que les mystères entourant sa lignée, et il entendait le leur montrer.

Et le prouver, comme Chloe lui avait prouvé chaque jour qu'il n'était pas l'homme qu'il croyait être.

Elle lui avait appris à rire, à s'amuser. Elle lui avait appris à ne plus craindre ses émotions, mais au contraire à les embrasser.

Ensemble, ils plantèrent un des rosiers de Portia sur la tombe de son époux, et des arbres sur les ruines du manoir.

— Quand ils auront poussé, dit Chloe, blottie contre lui devant la fenêtre de son bureau, un autre Monteleone se tiendra ici même et ne verra plus que la propriété et la mer.

— Oui, et pas de fantôme.

Leur fils naquit six mois plus tard. Une fois de plus, le monde de Lao se trouva ébranlé. Il fut stupéfait d'avoir un jour pu considérer qu'un héritier était un devoir à cocher sur une liste.

— Je ne comprends pas comment j'ai pu envisager la vie de manière si détachée jusque-là, avoua-t-il à Chloe quelques heures après la naissance tant attendue de l'héritier de l'empire Monteleone.

Mais cet enfant n'était pas un *héritier*.

Il était un miracle.

Ils l'appelèrent Gaetano.

Lao tint son fils serré contre son torse, peau contre peau.

Il était amoureux de ce petit être.

Et de la femme qui s'était battue pour faire de lui un homme, un mari et un père meilleurs.

Désormais, ils étaient ensemble et n'avaient d'autre tâche que d'élever leur enfant dans l'amour et s'occuper de lui de leur mieux.

S'ils réussissaient, ce bébé au petit corps potelé et au visage angélique deviendrait un homme heureux, respectable et respecté.

Et Lao avait la ferme intention de participer à chaque étape de son développement.

Dans l'immédiat, il admira sa femme lovée à côté de lui contre les coussins du canapé. Elle n'avait jamais été aussi belle qu'avec ses nouvelles rondeurs et son visage radieux.

Ils se trouvaient dans la chambre qui lui était destinée à l'origine, mais qui avait été transformée en nurserie – car il ne voyait plus l'intérêt de dormir dans des lits séparés –, et baignaient dans la béatitude avec le bébé si parfait qu'ils avaient fait ensemble.

— N’est-ce pas extraordinaire de pouvoir éprouver tant d’amour ? demanda-t-elle.

Lao caressa les doux cheveux de Gaetano.

— Oui. Comment mon père a-t-il pu être si froid, si distant avec Portia et moi ?

— Si ça se trouve, il était doux et aimant comparé à son propre père.

Une nouvelle vague d’émotion le submergea. Il la laissa déferler sur lui car il ne craignait plus ces manifestations d’amour et savait que, quoi que la vie leur réserve, ils l’affronteraient ensemble.

— C’est probable. Toujours est-il que je ne laisserai pas une telle relation s’installer entre nous deux, ni avec notre fils. Je t’en donne ma parole.

— Je le sais, murmura-t-elle contre ses lèvres.

Même s’il aimait la confiance que Chloe plaçait en lui, Lao travailla sans relâche à la réussite de leur mariage.

Il cessa de s’inquiéter autant de son pouvoir et de son influence.

Il prépara son propre héritage en commençant par faire don à ceux qui en avaient besoin l’argent que ses ancêtres avaient si longtemps amassé.

Et Dieu sait s’il y en avait beaucoup.

Il se trouva que Chloe avait un talent particulier pour distribuer son argent et, comme lui, voulait que cela reste le secret des Monteleone.

Le seul secret méritant d’être gardé.

Au fil des années, ils passèrent autant de temps

que possible ensemble, dispensant la joie là où ils le pouvaient, et avec leurs enfants.

Les quatre qu'il avait mentionnés d'emblée et deux autres, pour le plaisir.

Leur petite dernière, Sebastiana, se révéla être une rebelle sur tous les plans. Ils ne l'en aimèrent que plus.

Un jour où la fillette se mit à tourner sur elle-même à toute allure comme une toupie sur la pelouse du château avant de s'effondrer, de hurler de rage puis de se redresser et recommencer, tous deux éclatèrent de rire.

— C'est on ne peut plus démodé d'avoir autant d'enfants, dit-il alors à Chloe. Nous devons être la risée de toute l'Europe.

— C'est parfait. Mais, en attendant, les nôtres sont heureux. Je ne veux pas qu'ils se sentent seuls dans ce monde comme nous l'avons été, Lao.

Et ils ne le seraient jamais. Lao s'en était fait la promesse. Ses enfants auraient deux parents présents et ne se demanderaient jamais s'ils étaient aimés ou non.

Chloe lui avait enseigné cela, jour après jour, comme sa mère avait inlassablement essayé de le faire.

Les années semblèrent se succéder toujours plus rapidement.

Lao regardait les roses de sa mère se faner à l'automne et refleurir au printemps.

Toujours plus belles et toujours plus odorantes.

Des épines les piquèrent. C'était inévitable. Mais aucune ne laissa de trace douloureuse.

Le tout était de savoir lâcher prise. Et Lao avait appris.

À choisir l'amour.

Encore et encore.

Comme Chloe le lui avait montré. Comme il voulait voir ses enfants le faire.

Parce que l'héritage que Chloe et lui laisseraient en quittant ce monde serait un amour si grand et si juste qu'il durerait aussi longtemps que des roses fleuriraient au *castello* Monteleone et que leurs descendants prendraient soin d'elles.

Ce qui était une autre manière de vivre à jamais.